Martin Kreuels
Stillstand

Impressum

3. Auflage

© 2024 Text: Dr. Martin Kreuels (www.martinkreuels.de)
Lektorat: Hilke Bultmann, Hamburg (2. Auflage)
Satz, Cover: Maya Chiara Terler (www.maya-schreibt.com)
Verlag: BoD · Books on Demand GmbH, In de Tarpen 42,
22848 Norderstedt
Druck: Libri Plureos GmbH, Friedensallee 273, 22763 Hamburg
ISBN: 978-3-7597-7846-8

Martin Kreuels

Stillstand

Für Heike,
meine verstorbene Frau,

für unsere lebenden Kinder Paul, Emma, Anton, Conrad und die
beiden zu früh gestorbenen Jungs Jacob und Hannes, die nie die
Sonne gesehen haben, um die sich jetzt Heike kümmert.

Inhalt

Prolog zur 3. Auflage 8

Prolog zur 1. Auflage 10

Kindheit, Schule, Studium 16

Begegnung 23

Anfänge 27

Schwangerschaften 32

Sommer 2006 38

Diagnose 40

Behandlungen 42

Rückschlag 46

Wildwasserbahn 50

Tagebuch 52

Tod 81

Danach 89

Tagebücher 93

Humpeln 96

Kälte 98

Kinder 99

Barbara 101

Geborgenheit 105

Struktur 107

Suizid 110

Kellerbüro 112

Träumen 114

Computerfehler 116

Trauerreduktion 119

Conrad geht 120

Neustart 122

Spuren 124

Trauerschmerz 126

Mein Leben 128

❧ Prolog ☙

---

zur 3. Auflage

Neuauflagen werden geschrieben, um neue Erkenntnisse einzubauen, Fehler zu korrigieren, im Allgemeinen, um Bücher besser zu machen. In aller Regel werden die Bücher dadurch dicker.

Ich will einen anderen Weg gehen.

Als 2012 „17 Jahre wir" erschien, war es die authentische Beschreibung unserer Zeit als Familie. Ich habe es in der Situation geschrieben, ohne jeglichen Abstand. Es ging darum alles das aus meinem Kopf zu schreiben, was ich vergessen könnte.

2016 habe ich mit dem Buch „Und das Leben geht doch weiter" versucht unsere Geschichte fortzusetzen, um unsere Biografie weiterzuschreiben.

Kann man so machen. Muss man aber nicht.

Jetzt ist das Jahr 2024 und ich habe das Buch noch einmal gelesen und sehe, dass es einen Bruch gibt. Die Fortsetzung hat lange nicht die Tiefe, wie die erste Auflage. Eine Fortsetzung machte also, aus heutiger Sicht, keinen Sinn. Deshalb möchte ich mit der dritten Auflage den Weg korrigieren und zurück zur ersten Ausgabe gehen. Ich werde diese Zeit, wie ich sie damals erlebt habe, heute nicht mehr so schreiben können. Die zweite Auflage hatte einen zeitlichen und emotionalen Abstand und somit ist es ein anderer Text. Die dritte Auflage ist also von Fehlern bereinigt und das Layout hat ein anderes Level erreicht.

Wenn wir Autoren und Autorinnen authentisch bleiben wollen, müssen wir in der betreffenden Situation schreiben. Ein Kriegsberichterstatter befindet sich schließlich auch im Kugelhagel und nicht 2.000 Kilometer entfernt. Genauso ist es mit emotionalen Situationen. Damit geht einher, dass ein Text eher kürzer werden kann als länger.

Ich habe es versucht.

Wenn ich heute an dem Text arbeite, brauche ich die Musik von damals, um in etwa erahnen zu können, wie es mir damals ging. Aber eben nicht ganz!

Ja, 2009…

❧ Prolog ❧

zur 1. Auflage

Vor ein paar Monaten hatte ich schon mal angefangen und viele Seiten geschrieben. Damals schrieb ich in wenigen Tagen wie im Rausch, bis alles raus war. Stundenlang tippte ich, ohne aufzusehen, ohne Korrekturen vorzunehmen. Jetzt, einige Monate später, sitze ich wieder hier und arbeite weiter an dem Text, lese ihn immer wieder. Mittlerweile ist Juni 2011.

Vor meinem ersten Schreibanfall schrieb ich mir immer wieder Gedanken aus dem Kopf. Mein externes Gehirn nannte ich es, gebannt auf Papier in einer Kiste, die neben dem Schreibtisch stand. Darin, zwischen Notizen, zwei Bücher, von Barbara Pachl-Eberhardt und Herrad Schenk. Beide Frauen, die versucht haben, ihre Gedanken zu Papier zu bringen, zu beschreiben, wie sie damit fertig geworden sind, mit dem Verlust, mit der Einsamkeit, wenn der Partner stirbt.

„Fertig werden, als ob man es irgendwann beenden kann", schreibt Herrad Schenk.

In zunehmendem Maße muss ich feststellen, dass es so nicht geht. Man wird nicht damit fertig, es ändert sich, aber es bleibt. Es wird auch nicht besser, nur anders, vielleicht besser auszuhalten. Vielleicht lernen wir auch dazu, reifen an den Umständen, werden sensibler für Dinge, die das Leben betreffen.

Ich habe versucht, Platz zu schaffen in meinem Kopf, um neue Gedanken zuzulassen. Jetzt habe ich Angst, dass mein Kopf leer sein wird, wenn ich das Buch beendet haben werde.

Werde ich dann alles vergessen?
Womit wird sich mein Kopf dann füllen?

Ich weiß es nicht. Gleichzeitig ist aber auch eine große Neugierde dabei, was wohl kommen wird. Neugierde und Angst, Neues zuzulassen. Irgendwie bin ich verbunden mit dieser Frau, die mich 17 Jahre lang begleitet hat.

Ich weiß nicht, ob es Schuldgefühle sind, wenn ich an neue Dinge denke, die ich nicht mehr mit ihr teilen werde. Von denen ich ihr nicht erzählen werde, weil sie nicht mehr da ist.

Ich habe viel recherchiert, habe Bücher gesucht, um Anregungen zu bekommen für mein Leben. Ideen für den Tag, den Monat, das Jahr danach. Um zu lesen und zu sehen, dass ich nicht allein bin.

Wie gehe ich weiter, wie mache ich das, das Leben als Single, als Witwer mit vier kleinen Kindern?

Ich wollte keine psychologischen Abhandlungen lesen, die nur theoretischer Natur sind, weil der Autor oder die Autorin noch keine direkten eigenen Erfahrungen gemacht hat. Bei den Recherchen bin ich aber fast nur auf Frauen als Autorinnen gestoßen.

Aber warum schreiben Männer nur so wenige Bücher darüber?

Rein biologisch betrachtet sterben Männer eher als Frauen, also gibt es natürlich mehr Witwen als Witwer, aber es gibt doch auch Krankheiten oder Unfälle, so dass Frauen eher gehen. Es wäre doch einfacher für mich zu sehen, wie ein Mann das macht, da er doch anders denkt als eine Frau.

So sagt man doch, oder nicht?

Der Mann versucht, die Sache logisch, rational anzugehen, heißt es. Vielleicht aber auch zu kalt, nicht fähig seine Gefühle zu beschreiben. Vielleicht versteckt er aber auch nur seine Gefühle hinter seiner Maske. Verdeckt mit dieser Maske seinen Kern, seine emotionale Seite.

In der Vergangenheit habe ich versucht, mein Leben zu kontrollieren, habe versucht es rational und logisch zu betrachten, habe auch Heikes Weg versucht, nüchtern zu planen in der Krebszeit. Jetzt ist der Punkt gekommen, wo die kühle Rationalität nicht mehr funktioniert. Der Wissenschaftler, der ich immer meinte zu sein, macht einem Wesen Platz, das auf einmal Gefühle hat. Der ein Häufchen Elend ist und manchmal nicht mehr will, nicht mehr laufen, nicht mehr denken und nicht mehr sehen will. Das Leben ist nicht mehr kontrollierbar und trotzdem müssen wir, muss ich, damit klarkommen.

In mir drin ist ein emotionales Wesen, das ich nicht kenne.

Wo warst du die ganze Zeit?

Ich war hier, sagt es. Du hast mich bloß nicht ans Licht gelassen. Du hieltest die Türe immer fest verschlossen.

Darf ich das alles aufschreiben?
Bin ich jetzt ein Weichei, weil ich meine Gefühle aufschreibe, wenn ich meine Angst, meine Unsicherheit in die Bücherregale lege, so dass es jeder lesen kann?
Will ich mich dadurch bestrafen, indem ich mich bloßstelle?

Nein, sicherlich nicht. Ich bin auch nicht der mit dem erhobenen Zeigefinger. Ich bin ein Mann, der eine Erfahrung gemacht hat, der versucht hat, sein Leben wieder in den Griff zu bekommen und der dabei viel nachgedacht hat. Der versucht, dieses Gefühlschaos so aufzuschreiben, wie es ihm in den Sinn kommt, um authentisch zu bleiben.

Und was ist, wenn ich unwissenschaftlich werde?
Wenn die Kollegen sagen, dass ich mich nicht mehr in der Realität aufhalte?
Bin ich dann traumatisiert, benötige ich dann Hilfe von Psychologen?
Habe ich ein posttraumatisches Belastungssyndrom?

Natürlich werden alle Mitleid haben. Der arme Mann mit den vier Kindern, ganz allein.

Wie soll das gehen, ohne Frau?

Für viele Fragen habe ich keine Antworten. Ich weiß nicht, ob ich jemals Antworten bekommen werde.

Es ist aber auch zu einfach, den Tod nur als zum Leben gehörend zu deklarieren, als natürlich und zu sagen, dass es jeden treffen kann. Es hat mich getroffen, es hat unsere vier Kinder getroffen und es hat unsere Freunde getroffen. Ein großes schwarzes Loch wurde gerissen. Wir tappen am Rand entlang, sehen immer mal wieder entsetzt in die grenzenlose Tiefe und versuchen doch weiterzulaufen, nicht hinter herzufallen. Bei jedem Schritt aber rutsche ich wieder ab.

In diesem ersten Jahr 2010 habe ich viel nach hinten gesehen, wollte nicht nach vorne schauen, auch wenn ich viel dafür gemacht habe. Ich wollte begreifen, was passiert ist, mir überlegen, wie und ob ich weitermachen soll. Daraus sind Gedanken entstanden, sind Gespräche geworden. Der Kopf ist voll davon und es muss raus. Ich bin an einem Punkt, der alles grundsätzlich ändern wird. Dazu gehört auch, dass ich es rausschreiben muss, damit Platz für Neues entsteht. Dazu soll dieses Buch dienen. Es soll auch dazu beitragen zu zeigen, dass Männer nicht einfach weitermachen können oder müssen, sondern dass auch sie das Anrecht auf ihre Art der Trauer haben, dass auch sie zerbrechlich sind, auch wenn sie es nach außen hin nicht zeigen dürfen – sollen – können. Geschehnisse können dazu führen, dass sich Dinge grundlegend ändern. Bei mir hat sich alles geändert und vieles davon ist gut so.

Wenn Sie dieses Buch lesen, werden Sie eine Abfolge erkennen, von einer Entwicklung will ich nicht sprechen. Es haben sich Dinge ergeben, sie haben sich geändert. Es ist mein Weg, den ich zurückgelegt habe. Ich gehe ihn immer noch und trage meinen Kopf oben. Ich schaue mittlerweile fröhlicher nach vorne und sehe mit zunehmender Dankbarkeit zurück. Es ist kein Groll dabei, sondern ein Anerkennen dessen, das mich meine Frau geformt hat, dass sie aus mir einen anderen Menschen gemacht hat, 17 Jahre lang.

Der Tod beendet ein Leben, nicht eine Beziehung. (Talmud)

❧ Kindheit, Schule, Studium ☙

Geboren wurde ich an einem Rosenmontag, den 17. Februar 1969 in Kevelaer. Kevelaer am Niederrhein, ist ein Wallfahrtsort der oberen Kategorie, mit vielen Kirchen, vielen Pilgern, die jedes Jahr nach Kevelaer kommen, um sich ein kleines Marienbild anzusehen, das Wunder verspricht. Ein Ort, der vom Glauben und von der katholischen Kirche lebt. Dessen Geschäftsleute Papstlutscher, religiöse Statuen, Rosenkränze und Holzkreuze verkaufen. Eine Gnadenkapelle mit zahllosen Krücken (Unterarmgehstützen, wie Heike immer sagte, nachdem sie sich die Achillessehne beim Volleyball gerissen hatte), die sich viele Menschen jährlich ansehen. Und der immer wieder die vielen Menschen aufnimmt, die in die Gnadenkapelle gehen, um dann anschließend in einer der zahlreichen Gaststätten ihr Käsebrot oder ihren Apfelkuchen zu essen, den Kaffee zu trinken, um dann in einem der Devotionalienläden eines dieser Andenken zu kaufen. Der die Menschen danach wieder ausspuckt und auf die Heimreise schickt mit einem Segen, nur, um sie im folgenden Jahr wieder aufzusaugen. Aufgewachsen bin ich in einem gutbürgerlichen Elternhaus. Mein Vater war Direktor (Oberlehrer genaugenommen, weil es nicht genügend Schüler waren) der örtlichen Grundschule, sehr engagiert in der Kirche und neben dem Ortsvorsteher und dem Pastor der dritte wichtige Mann im Dorf. Das Dorf: Winnekendonk, ein Durchgangsdorf zur Autobahn A57, Golddorf. Meine Mutter war erst Hausfrau und Mutter, dann Künstlerin, dann zentrale Pflegeeinheit meines Vaters, als er an Krebs erkrankte, bis er nach sieben Jahren 1996 starb. Eigentlich wollte sie sich von ihm trennen, wenn wir Kinder erwachsen sind, aber er kam ihr mit seinem Krebs zuvor. Jetzt konnte sie nicht mehr gehen. Wie hätte das denn ausgesehen und außerdem sah sie es als ihre Pflicht an. Damit beschritt sie einen eigenen Leidensweg, der sie an den Rand ihrer Kräfte führte.

Ich habe mich immer für die Natur und für die Fotografie interessiert, mehr als für Mädchen. Vielleicht hat mir die Natur aber auch das gegeben, was ich benötigt habe, die Flucht vor meinem viel zu engen Elternhaus. Deshalb war ich eigentlich immer draußen, meist allein, wenn ich nicht lernen musste, weil der Schulstoff nicht in mein Hirn zu passen schien. Irgendwie hatte er eine andere Abmessung, als dass er kompatibel zu meinen Hirnwindungen gewesen wäre.

Als Kind habe ich mich folgendermaßen in Erinnerung: weich, leicht dicklich, blass, eher unsportlich, wenn es um Mannschaftssportarten ging.
Ich erinnere mich an unseren Umzug, als ich zwei oder drei Jahren alt war. Meine Eltern gaben mich für einige Wochen zu meiner Großmutter nach Duisburg. Ich erinnere mich an die Abschiede, wenn meine Onkel und meine Großmutter mich an den Wochenenden nach Kevelaer brachten, dort einen Kaffee tranken und mich dann zwei Stunden später wieder ins Auto setzten und wir zurück nach Duisburg fuhren. In meinen Erinnerungen starb ich jedes Mal und es tat unendlich weh. Ich war schon damals kein Freund von Abschieden.
Nachdem wir dann umgezogen waren, kamen der Kindergarten, in den ich nicht wollte, und dann anschließend die Grundschule. Bei meinen Klassenkameraden war ich immer der Doofe, weil ja mein Vater der Chef war. Ich konnte mir keinen Streich erlauben,

wurde bei ihren Streichen nicht miteinbezogen, weil bei mir die Gefahr bestand, dass ich alles petzen würde. Ich stand also am Rand. Ich erinnere mich, dass mich meine Klassenlehrerin, Frau Möllers, ziemlich auf dem Kieker hatte, weil sie mit meinem Vater Stress hatte. Sie starb später an Krebs, nachdem sie zwischenzeitlich ausgesehen hatte, als ob sie schwanger wäre. Sie war wohl vom Krebs bereits ausgefüllt. Während der Grundschulzeit wurden die Kinder unserer Umgebung nach und nach in den lokalen Sportvereinen angemeldet. Meine Eltern, wahrscheinlich eher mein Vater, wollten nicht, dass ich Fußball bei uns im Ort spielte, also wurde ich stattdessen zum Schwimmen in Kevelaer angemeldet. Zwei- bis dreimal Schwimmtraining pro Woche hatte ich ab diesem Zeitpunkt, in einem Hallenbad, das für die Kindermenge viel zu klein war. Mein Vater hatte mir das Schwimmen schon vor dem Kindergarten beigebracht. Wenn ich an meinen Vater zurückdenke, fallen mir nur wenige Erinnerungen an ihn ein. Ich weiß, dass er einmal mit mir eine Fahrradtour von Winnekendonk nach Münster gemacht hatte, die eine Woche dauerte. Eine Woche, in der es jeden Tag Pommes mit Currywurst gab. Ansonsten kümmerte er sich wenig um mich. Vielleicht hatte er keine Zeit für uns, vielleicht haben wir ihn auch nicht wirklich interessiert. Doch, Nachhilfe hat er mir immer gegeben. Der einfache Holztisch mit Eisenbeinen vor seinem Schreibtisch. Es waren Stunden der Hinrichtung. Ich hatte jedes Mal Angst. Meine Mutter achtete immer darauf, dass wir Kinder uns benahmen, weil wir im Dorf eine gewisse Position innehatten. Daran bemaß sich alles und es wurde peinlichst darauf geachtet, diese Position auszufüllen. Beispielsweise durften wir am Sonntag nicht im Dreck spielen, weil wir unsere Sonntagssachen trugen.

Mir war das alles zu eng. Ich halte wenig von Konventionen, und Traditionen sind mir zuwider. Auch heute noch. Ob ich diese ablehnende Haltung seit der Geburt hatte oder sie, aufgrund der häuslichen Enge, nachträglich entwickelt habe, kann ich nicht sagen. Ein Grundinteresse an der Natur scheint angeboren zu sein, so dass ich mit zehn Jahren in den Naturschutzbund Deutschland (damals DBV, heute NABU) eintrat, um meinem Hobby intensiver nachzugehen. Seit dem Eintritt konnte ich jederzeit legal in die Natur gehen, um der häuslichen Enge zu entfliehen. Da es zu dieser Zeit weder Handy noch andere mobilen Kommunikationsmittel gab, war ich, sobald ich das Haus verlassen hatte, auch nicht mehr zu erreichen. Meist bin ich mit dem Fahrrad losgefahren, habe es irgendwo versteckt, und bin dann durch die Wälder und Felder gestrichen. In der Regel allein, weil meine Schulkollegen aufgrund ihrer sportlichen Aktivitäten unterwegs waren. Damals, so erinnere ich mich, war das allerdings kein Problem. Ich kannte es nicht anders. Oder sagen wir es einmal so: Da ich nicht in die betreffenden Sportvereine durfte, es mir zu Hause aber zu eng war, hatte ich keine andere Wahl. Natürlich war ich auch mal mit anderen Kindern unterwegs, aber auch diese waren Außenseiter, mit einigen Kindern durfte ich nicht spielen, weil deren Mutter Putzen ging und der Vater „nur" Hilfsarbeiter war, was in den Augen meiner Eltern unter unserem Stand war.

Allerdings spielte ich immer mal wieder mit einem Mädchen aus der Nachbarschaft, die an Leukämie erkrankt war. Bettina war mal da und dann wieder nicht, bis sie irgendwann endlich geheilt war. Sie ging nach der Grundschule erst auf die Hauptschule, wechselte aber zwei Jahre später auf das Gymnasium.

Meine Klasse aus der Grundschule kam nahezu komplett auf das Gymnasium. Die Klasse wurde zwar durch einige weitere Schüler aufgestockt, allerdings bestand der Kern immer noch aus unserem Dorf. Damit war ich weiterhin der Außenseiter, weil ich ja schon in den vier Jahren der Grundschule nicht in die Klassengemeinschaft reingekommen war.

Die neuen Schüler orientierten sich gleich in Richtung unseres Orts-kerns, so will ich das mal nennen. Also zu den dominanten Kindern, die schon in meiner Grundschulklasse zusammen unterwegs waren. Während des Gymnasiums bekam ich sehr bald Nachhilfeunterricht von einem schlaksigen Physikstudenten, täglich, damit ich einiger-maßen Schritt halten konnte. Mathe habe ich nie verstanden. In der siebten Klasse bekamen wir Herrn Röttgers als Mathelehrer. Er machte mir sehr schnell klar, dass er von mir nichts hielt und alles daransetzen würde, mich von der Schule zu bekommen. In der ach-ten Klasse musste ich dann eine Nachprüfung bestehen, weil ich sonst sitzen geblieben wäre, was in meinen Augen nicht ging. Das einzige Kapital, das ich besaß, war meine Disziplin. Ich hätte vor mir, vor meinen Eltern und vor all meinen Klassenkameraden ver-loren, wenn ich eine Klasse hätte wiederholen müssen. Also habe ich gearbeitet bis zum Umfallen. Mittlerweile war ich mit ein paar anderen Jungen (Christoph D., Harald E.-B. und Werner W.) unter-wegs. Wir verstanden uns gut, und ich gehörte dazu. Endlich mal. Daneben verstand ich mich noch mit einem Mädchen (Lore H.) ganz gut. Mit Lore konnte man nächtelang reden, wobei ich meis-tens zuhörte.

Wir waren kurz vor dem Abi für drei Wochen zusammen in Schott-land. Es war immer eine körperliche Distanz da, leider, aber es hätte sich entwickeln können. Meine Mutter sah mich wohl eher als geilen Bock, wollte sie doch, dass ich mit einem Hunderterpack Kondome nach Schottland fliegen sollte. Ich dachte aber nicht an Sex. Christoph, Lore und ich waren häufiger zusammen. Da wir untereinander keine Konkurrenz entstehen lassen wollten, hatten wir ausgemacht, dass keine intimeren Freundschaften entstehen sollten. Irgendwann wollte ich Lore besuchen und fand Christoph in ihrem Bett.

Die Schule war irgendwann endlich vorbei und mein Vater, Leutnant der Reserve, schickte mich zur Bundeswehr. Ich ging hin und wäre fast verhungert, denn ich konnte nichts runter bekommen. Ich hatte mich durch die Schule gequält und musste jetzt die 15 Monate Bundeswehrzeit überstehen. Alle meine Klassenkameraden waren in der Umgebung von Kevelaer bei der Bundeswehr, nur ich musste nach Oldenburg und vorher nach Rothenburg an der Wümme zwischen Hamburg und Bremen. Wenn überhaupt, konnte ich am Wochenende nach Hause fahren. Die anderen konnten untereinander Kontakt halten, weil sie sich abends treffen konnten. Zusätzlich nagten die ständigen Selbstmordfälle (zwölf Menschen in zwölf Monaten) in der Kaserne an meinen Nerven. Ich füllte jede freie Minute mit Fachliteratur über Biologie aus, um noch mehr zu wissen. Endlich war auch das geschafft, und ich konnte zum Studium nach Münster. Dort angekommen ging eine Welt auf, weil ich meinen Traum umsetzen konnte. Ich war frei.

Der Irakkrieg hatte gerade begonnen, und ich startete in Münster mein Biologiestudium. Ich hatte meinen Kindheitstraum erreicht, ich wurde Naturwissenschaftler. Solange ich denken kann, wollte ich immer Biologie studieren, mit Tieren und Pflanzen arbeiten. Das Leben als Single machte mir Spaß, ich kannte ja auch nichts anderes. Ich fuhr allein wieder nach Schottland, war viel unterwegs. Ich genoss es, die Ruhe, die Stille. Heiraten war für mich so abwegig wie der Flug zum Mars. Obwohl ich hin und wieder über den Flug nachdachte und mir ausmalte, wie es sein könnte. Die Träume kamen in Münster, meinem Studienort, immer häufiger. Dennoch hatte ich nicht vor, irgendetwas zu ändern, zumal ich mit vier anderen Freunden (zweimal Michael, Johannes und Volker), die ähnlich dachten, eine Gemeinschaft hatte, der Club, der sich der praktischen Biologie im Gelände mit ausgiebigen Tierforschungen verschrieben hatte. Wir gingen nicht auf Partys und hatten kein Interesse an Kneipentouren. Wir bestimmten Tiere, gruben Bodenfallen im unwegsamen Gelände ein, um in diese Flüssigkeiten einzufüllen, die die reinfallenden Tiere abtöteten. Und wenn die anderen in der Kneipe saßen, standen wir in der Bibliothek und kopierten Fachliteratur. Im Grunde waren wir Spießer, Verrückte, Freaks, Nerds, die ihr Studium durchzogen. Vielleicht waren wir sogar Streber. Aber wir fühlten uns wohl damit und es schien uns nichts zu fehlen.

Im zweiten Semester wurde ich von einer Professorin angesprochen, ob ich nicht Lust hätte im Naturkundemuseum zu arbeiten. Da Geld für Studenten immer knapp ist - bei mir war es nicht anders - griff ich gleich zu. Ich bekam den Job in der Mikroschau: ein fensterloser Raum auf der Empore des Museums, eher im hinteren Winkel des Museums mit zehn Mikroskopen, unter denen Objekte wie Wasserflöhe und Pflanzenzellen zu sehen waren, die wir täglich frisch herstellen mussten. Ein Kommilitone und Freund, Carsten S., begann gleichzeitig mit mir dort, und wir teilten uns die Schichten, bei denen wir immer wieder einschliefen, weil das Tageslicht fehlte. Kein harter Job, eher langweilig, weil die Arbeitsstunden nur so dahinkrochen, aber gutes Geld. Außerdem konnten wir, weil wir ja nur Aufsicht führen mussten, nebenbei für das Studium arbeiten und dort unsere Protokolle schreiben. Sehr zum Ärger unserer Chefin, die mich ab und an ertappte, wie ich in dem dämmrigen Licht weggedöst war.

✤ ❋ ✤

❧ Begegnung ☙

Ende 1992 wurde diese Abteilung geschlossen. Es begann die Zeit von Jurassic Park. Die Dinosaurierzeit begann. Die Museumsleitung war clever und hatte frühzeitig die Zeichen der Zeit erkannt. Sie richtete eine gigantische Ausstellung zum Urzeit-Thema ein. Wir wurden in andere Bereiche eingesetzt. Hatten wir bisher zumindest in Ansätzen noch Biologie betrieben, weil wir Präparate für die Mikroschau in einem kleinen Labor züchten mussten, durften wir jetzt Plastikdinosaurier verkaufen. Uns war das gleich, wurde doch weiterhin gutes Geld verdient. Der Job machte Spaß, weil die Kollegen nett waren. Da das Museum zeitweise die Türen schließen musste, weil einfach keine Besucher mehr hineinpassten und damit natürlich der Stress stieg, allen Bedürfnissen der Besucher gerecht zu werden, wuchsen wir Studenten immer mehr zusammen. Wir waren in diesen Wochen und Monaten eine eingeschworene Mannschaft geworden, die auch den Dienst am Neujahrstag nicht scheute, weil das bezahlte Zusammensein einfach Spaß machte.

Irgendwann Anfang 1993 stand ich an einem Vormittag mit Carsten hinter unserer Plastikdinosaurierverkaufstheke. Es war wenig los, ausnahmsweise, als Heike, die gerade neu angefangen hatte, mit irgendeiner Mitteilung von der Infotheke zu uns kam. Eine schlanke, sportliche, gut gebaute, junge Frau mit geraden Beinen. Mir schoss es bei dieser ersten Begegnung gleich durch den Kopf:

„Das ist sie, die muss ich heiraten."

Für einen Menschen, der das Heiraten weit von sich geschoben hatte, der diese Frau nicht mal zwei Minuten am Stück gesehen hatte, geschweige denn ein Gespräch mit ihr geführt hatte, ein verwegener Gedanke. Sie hätte auch furchtbar stottern und lispeln können oder ihre Gedankengänge hätten völlig wirr sein können. Ich sah Carsten an, sagte ihm meinen Gedanken, die ihn augenblicklich in brüllendes Gelächter ausbrechen ließ. Ich konnte nicht anders und ging hinter Heike her. Ich wollte sie irgendwie ansprechen, sie zum Essen einladen. Was auch klappte. Aber ich hatte keinen Plan, keine Idee, wie man am geschicktesten so etwas weiterstrickte. Also musste ich jeden Abend mit Carsten telefonieren, Wasserstandsmeldungen abgeben und Tipps einholen. Auf meinen Bauch zu hören, lag mir völlig fern. Diese Sprache kannte ich nicht oder wollte sie zumindest nicht verstehen. Carsten hingegen war als Ratgeber der Richtige, denn er hatte bereits seit der Schulzeit eine feste Freundin. Er musste also über ein gewisses Maß an Erfahrungen verfügen.

Alles ging gut, bis wir endlich bei einem gemeinsamen Abendessen im Restaurant anlangten. Es nannte sich „Auflauf". Ein Laden, den es heute nicht mehr gibt und der nur Aufläufe servierte. Heike war nervös. Ich musste an dem Abend nichts zur Gesprächsführung beitragen. Sie redete den ganzen Abend wie ein Wasserfall. Und ich bekam, weil wir blöderweise nebeneinandersaßen und ich sie die ganze Zeit anschaute, einen schiefen Nacken.
Nach diesem Abend war klar, dass wir uns zumindest noch einmal treffen wollten, auch wenn das nicht ausgesprochen wurde. Wir waren wie zwei naive Kinder. Außer Händchenhalten und mal ein Küsschen war nicht mehr drin. Unbewusst wollten wir uns Zeit lassen, hatten wir doch beide keinerlei Erfahrungen in Sachen Freundschaft, geschweige denn Partnerschaft. Also versuchten wir, in den kommenden Wochen gemeinsame Dienste im Museum zu bekom-

men, verabredeten uns in der Mensa und gingen spazieren. Lange Spaziergänge mit vielen Gesprächen.

Am Valentinstag überraschte sie mich mit einem Geschenk. Passend zu meiner ständigen Gier nach Schokolade bekam ich ein Nusspli. Auch in den kommenden Jahren sollte ich am Valentinstag immer einen Schokoriegel bekommen. Dieser Tag wurde unser offizieller Starttag.

Einmal saßen wir am Aasee und küssten uns langanhaltend. Wir waren so sehr in uns vertieft, dass wir nicht merkten, dass eine Truppe Ruderer vor uns am Ufer leise angehalten hatte. Irgendwann fingen sie an, uns anzufeuern. Wir wurden rot und fanden es ein wenig peinlich, aber auch wieder nicht. Unsere Bindung wurde zunehmend fester. Ich besuchte sie häufiger in Kinderhaus, einem Ortsteil von Münster, fuhr aber am Abend wieder zurück nach Angelmodde zu meinen Rentnern. Bei Luzi und Jupp wohnte ich, hatte ein möbliertes Studentenzimmer mit vier, meist warmen, fettigen Mahlzeiten am Tag. Wäre ich nicht mit dem Rad zur Uni gefahren, wäre ich wohl hoffnungslos verfettet.

Nach drei Wochen machte ich ihr einen ersten Heiratsantrag, den sie entsetzt ablehnte. Ich war mir so sicher, dass sie meine Frau werden würde, wenn nicht jetzt dann später. Sie konterte und führte alle ihre Bedenken ins Feld und lachte dabei. Wir sollten uns noch ein paar Jahre Zeit lassen. Okay, sagte ich ihr, ich würde sie in drei Jahren noch einmal fragen.

Im März ging ich für einen mehrmonatigen Forschungsaufenthalt nach Berlin. Ich wollte das Kommunikationsverhalten von Wanderfalken untersuchen. „Reden" die Jungen im Ei schon mit den Eltern? Wirklich Lust hatte ich nicht, also bettelte ich bei Hannes, damit ich dort nicht allein bleiben musste, zumindest in der Anfangszeit. Hannes, ein wahrer Freund, auch heute noch, fuhr mit, damit ich wenigstens den Start überlebte.

Meine Gedanken waren aber in Münster, bei Heike. Ich hatte während der drei Monate keine Muße, mir das Stadtleben anzusehen. Heike und ich hatten verabredet, alle zwei Tage miteinander zu telefonieren und an den Tagen, an denen wir nicht telefonierten, uns wechselseitig Briefe zu schreiben. Die Telefontage waren heilige Tage, und ich richtete meinen gesamten Tagesablauf daraufhin aus. Im Nachhinein würde ich sagen, dass dies das Beste war, was uns passieren konnte. Wir hatten keine Erfahrung, es war noch nichts zwischen uns passiert, außer, dass wir uns ineinander verliebt hatten, und jetzt konnten wir uns in Ruhe kennenlernen. Es war wie eine Bremse, die gezogen wurde, um nicht zu viel auf einmal zu machen, keine grundlegenden Fehler zu begehen. Die Zeit des Kennenlernens zu intensivieren, war uns wichtig. Gleichzeitig bin ich fast gestorben, ich wollte nur noch zurück nach Münster.

Irgendwann waren diese drei Monate endlich vorbei, und ich stand wieder in Münster am Bahnhof, an dem mich Heike abholte. Ich war furchtbar nervös. Mein Gott, war sie schön, als sie schließlich vor mir stand. Wir fielen uns gleich in die Arme, als ob wir schon ein altes Paar wären. Wir hatten uns auf der Distanz kennengelernt, waren ein kleines bisschen zusammengewachsen und wollten nun gemeinsam weiterlaufen. Wir machten Pläne für die Zukunft und für gemeinsame Urlaube. Von da an fuhr ich regelmäßig nach Kinderhaus und blieb dort.

❧ Anfänge ☙

Bald musste ich wieder für drei Wochen nach Berlin. Die Datenerhebung mit den Wanderfalken musste abgeschlossen werden. Heike hatte eine kostenlose Unterkunft besorgt, in der wir einzogen. Jetzt war der Zeitpunkt gekommen, weit weg von möglicherweise störenden Einflüssen, uns auch körperlich kennenzulernen. Heike wohnte in Kinderhaus in einer Frauen-WG und bei mir waren zwei Rentner, die uns immer umsorgten und auch ein wenig kontrollierten. Es gab bei uns in Münster wenig Ruhe.

Unser erstes Mal war ein Desaster. Wir waren zu nervös. Ein wenig enttäuscht waren wir danach schon, aber woher sollten wir auch die Erfahrung haben. Heike hatte viel Zeit in ihren Sport investiert, und ich war immer draußen rumgerannt. Also nahmen wir uns vor, es stückweise zu üben, uns erst kennenzulernen. Wir haben es uns „erarbeitet". Vielleicht wurden viele Dinge dadurch nicht gut. Vielleicht hätten wir vieles besser machen können, wenn wir früher Erfahrungen gesammelt hätten. Aber so war es eben nicht. Wir haben ohne Stress eine Partnerschaft geführt, so glaubte ich, die sich alles erarbeiten können würde. Erst später erfuhr ich, dass vieles nicht so war, wie ich glaubte.

Nach unserem ersten Berlinurlaub schlossen sich Urlaube in Mecklenburg-Vorpommern, in Schottland, in der Sächsischen Schweiz, immer wieder in Berlin, an der Nord- und Ostseeküste und im Engadin an. Meist haben wir den Urlaub preiswert gehalten und waren mit Auto und Zelt unterwegs. Wir waren noch Studenten bzw.

standen am Anfang des Jobs. Geld war permanent Mangelware und der Kontostand war immer rot.

Heikes 25. Geburtstag feierten wir in Paris. Ich hatte sie dorthin eingeladen. Ein Freund (Thomas), mit dem ich eine Zeit bei meinen Rentnern zusammengewohnt hatte, stellte uns ein alternatives Besucherprogramm zusammen, abseits von den Haupttouristenströmen. Es waren geniale Tage voller Harmonie.

Aus dieser Zeit gibt es ein Bild von Heike, auf dem sie völlig entspannt aussieht. Diesen entspannten Ausdruck habe ich erst wieder gesehen, als sie auf dem Totenbett lag.

Neben der anfänglichen Harmonie traten aber immer wieder Zweifel bei Heike auf. Wir waren kurz nach unserem gemeinsamen Berlinaufenthalt irgendwo bei Carolinensiel an der Nordsee. Es war regnerisch und kalt, und wir wollten einen Kaffee trinken. In einem umgebauten Bauernhof bekamen wir Kaffee und Kuchen und führten ein Gespräch, das mich hochschrecken ließ. Heike wollte unsere kurze Beziehung beenden. Sie hatte Angst vor der Zukunft. Mir war so ein Gedanke bisher nicht in den Kopf gekommen, deshalb war ich völlig überrascht. Ich redete mit Engelszungen auf sie ein, versuchte sie davon zu überzeugen, dass das nicht falsch ist, was wir da machen. Im Nachhinein würde ich sagen, dass ich sie nicht überredete, aber vielleicht war es für sie ein Test:

Ist der Kerl wirklich an mir interessiert, kämpft er um mich?

Sie war nach den wenigen Wochen der Beziehung bereits mein Zentrum. Ob ich ihr das jemals gezeigt habe, weiß ich heute nicht. Vielleicht sind diese Momente aber einfach untergegangen. Ja, sie sprach immer mal wieder davon, dass ich sie nicht auf einen Sockel heben solle.

Aber was sollte ich machen?

Ich liebte diese Frau. Natürlich hatte ich auch meine Wissenschaft im Kopf. Das Studium war mein bisheriges Lebensziel gewesen. Jetzt musste ich beides unter einen Hut bekommen, meine Traumfrau und meinen Traumberuf.

Wer sollte denn zu diesem Zeitpunkt ahnen, dass alles ein frühes Ende haben würde?

In meinen Vorstellungen wurden wir beide uralt, hatten unser Leben erfolgreich hinter uns gebracht, die Arbeit irgendwann beendet und starben dann an Altersschwäche. Soweit die graue Theorie.

Ein weiteres Zeichen gab es in unserer Anfangszeit, dass später mal wichtig werden sollte, weil es Anlass zu vielerlei Spekulationen bot. Wir lagen abends eng aneinander gekuschelt in unserem Bett in der Theodor-Heuss-Straße. Das Zimmer war so eng, dass wir nur nacheinander dort hineingehen konnten. Die Dachschräge ging so weit runter, dass wir am Fußende mit den Zehen an die Decke stießen. In dieser Enge, in diesem Nichtausweichenkönnen, spürte ich, dass Heike irgendetwas bedrückte, ich hakte nach. Sie begann zu weinen, konnte es aber nicht sagen, wollte es nicht sagen. Immer wieder wollte sie beginnen und brach wieder ab. Sie wollte mir eine Geschichte erzählen, die ihr Leben bestimmte. Dies war in ihren Augen aber der falsche Zeitpunkt. Später, so meinte sie, würde ich es einmal erfahren. Ich glaube heute, dass ich damals nahe dran war, eine Baustelle, ein Problem aus ihr herauszukitzeln. Ich weiß bis heute nicht, was es war, sie hat es mit ins Grab genommen. Vielleicht war in unserem Leben zu viel anderes, als dass Raum gewesen wäre, darüber zu sprechen. Vielleicht, aber nur vielleicht lag da der Schlüssel für ihre verborgene Traurigkeit. Gitta, Heikes jüngere Schwester, und ich sollten später viel darüber spekulieren. Die Gedanken gingen von sexueller Gewalt bis zum Tod eines geliebten Nachbarjungen. Vielleicht erfahre ich es später einmal, wenn ich gestorben bin, wenn ich meine Aufgaben hier erfüllt habe. Vielleicht!

Dunkle Zeiten gab es, aber es waren wenige. Wirkliche Krisen kamen nicht vor. In meiner persönlichen Rückschau war es eine Zeit, die so dahinfloss und wir mit einem Lächeln in ihr plantschten. Wir genossen unser Leben in vollen Zügen. Wir kannten jeden Kinofilm, waren viel unterwegs, konnten unbeschwert leben. Keine echte Verantwortung war zu tragen. Wir konnten uns auf die Arbeit, die Ausbildung und auf uns konzentrieren.

Am 19. Juli 1996, drei Jahre nachdem wir uns kennengelernt hatten, auf Heikes Geburtstag, heirateten wir. Wir teilten die Hochzeit in zwei Teile. Einen Familienteil und eine Party für unsere Freunde. Nach der standesamtlichen Hochzeit (dem Familienteil) und einem schicken Essen sind wir gleich in Richtung Süden aufgebrochen. Unsere Hochzeitsnacht verbrachten wir in einem Hotel, dachten aber beide auch an die Eröffnung der olympischen Spiele, die wir unbedingt sehen wollten. Am nächsten Morgen ging es dann über Landstraßen in die Provence, unserem Reiseziel. Viele kleine Hotels im Jura, viel gesehen, viel gewandert, viel Liebe. Der Bauernhof, den wir uns ausgesucht hatten, wurde von einer Dolmetscherin geleitet, die Deutsch sprach und ein Weingut leitete. Es waren schöne Wochen mit viel Sonne und ganz viel Nähe.

Die Fahrten und diese Jahre waren unsere Zeit, wir haben gelebt, wir haben es genossen, wir haben uns geliebt, überall und zu jeder Zeit. Wir haben alles ausprobiert, kannten für uns keine Tabus, wollten lernen. Wir haben endlos geredet, haben zusammengesessen und einfach nur Bücher gelesen, waren wandern, haben uns Dinge angeschaut, wir waren zusammen. Heike hat auch in dieser Zeit nie ihre Ängste preisgegeben und ich habe nicht gefragt. Ich war verliebt und das Leben tat mir gut. Auf die Idee, beharrlich nachzuhaken, kam ich nicht. Heute würde ich sagen, dass ich nicht wach war. Ich habe geschlafen.

Wir hatten geplant, unser gemeinsames Leben in drei Teile aufzuteilen. Unsere Zeit, dann die Zeit für und mit den Kindern, bis diese aus dem Haus sind, und dann wieder unsere Zeit, wo wir an die erste Zeit anknüpfen wollten. Wir haben es gemeinsam bis zu den Kindern geschafft. Zumindest hatten wir ein paar Jahre nur für uns, ohne Sorgen, ohne Last, ohne Schwere, ohne Verantwortung. Aber vielleicht war es auch nur für mich einfach. Heike nahm viele Dinge nicht so leicht, aber geäußert hat sie dies nur selten. Das klingt jetzt so, als ob die Kinder eine Last gewesen wären. Nein, das waren sie nicht, aber der Mittelpunkt verlagerte sich. Aus der Zweisamkeit wurde Drei-, Vier-, Fünf- und Sechssamkeit. Die Kinder forderten naturgemäß ihren Raum, und die direkte Nähe, der Austausch, die Gespräche über Gott und die Welt wurden ersetzt durch Gespräche über Windeln, nächtliches Schlafen, Kinderwagen und Untersuchungen. Es änderte sich einfach. Wir Eltern rückten ein Stück nach hinten. Wir standen nicht mehr in unserem gemeinsamen Fokus. Uns war das klar, und wir haben bewusst diesen Weg gewählt, denn wir wussten auch, dass die Kinder irgendwann ihre eigenen Wege gehen würden, dass wir beide wieder allein sein würden, so dass sich unser Fokus wieder ändern würde.

„Wussten!" Was haben wir damals schon gewusst?

❧ Schwangerschaften ❧

1997 setzte Heike die Pille ab. Wir hatten für uns grob geplant, dass sie ihr Referendariat beendet und wir dann Kinder bekommen. Da wir mindestens einmal, meistens aber zweimal pro Woche im Kino waren, hatten wir auch „Antonias Welt" im Kino gesehen. Eine Familiensaga über das Leben und den Tod. In diesem ruhigen Film, der uns sehr gefiel, gibt es eine Szene, in der eine junge Frau, die Tochter von Antonia, schwanger werden will. Eigentlich ist sie Lesbe, aber für ein Kind benötigt sie nun einmal einen Mann. Mutter und Tochter schauen sich in der Stadt um und suchen einen geeigneten Spender, der natürlich nichts von seiner Aufgabe weiß. Sie schläft also mit ihrem Auserwählten und stellt sich danach auf den Kopf, um ganz sicher zu sein, auch wirklich schwanger zu werden. Allzu viele Männer möchte sie ja nicht haben. Mehr muss ich dazu nicht sagen.

Heike wurde schwanger, machte im Dezember ihre Prüfung zur Lehrerin und gebar Paul im folgenden Januar. Wieder mal hatten wir keine Ahnung, als wir mit Paul nach Hause kamen. Wir waren etwas ratlos, was zu tun sei. Solange er schlief, war alles in Ordnung, als er aber auf einmal die Augen aufmachte, wurden wir unsicher. Wir kämpften uns in das Thema hinein. Das heißt, ich ging ins Institut und lies Heike viel allein. Ich musste und wollte Geld verdienen und gleichzeitig meine Doktorarbeit abschließen. Heike war im Mutterschutz und kümmerte sich um Paul. Dass sie litt, bemerkte ich nicht. Sie kam tagelang nicht aus ihrem Schlafanzug raus, war manchmal mürrisch. Nach ein paar Wochen wurde es besser. Der Alltag schlich sich ein. Wir teilten uns die Nachtschichten. An den ungeraden Tagen machte der eine, an den geraden Tagen der andere Nachtdienst. Paul war nachts sehr aktiv, was dazu führte, dass wir unsere Augenringe auf Schubkarren vor uns herschoben. Wir bekamen es hin, aber Heike redete nicht über ihre Sorgen, die sie hatte. Das hat sie nie gemacht. Sie fraß es in sich rein. Mit Ausnahme des Geldes, also des fehlenden Geldes, das sie permanent bedrückte. Vermutlich war sie durch ihr Elternhaus geprägt. Ihr Vater war auf dem Bau beschäftigt. Damals gab es noch kein Kurzarbeitergeld, sondern im Winter wurde gestempelt. Das Geld war also auch zu Hause knapp. Diese Zeit musste sie als Kind als sehr belastend empfunden haben, denn sie wollte dies um jeden Preis ihrer eigenen Familie ersparen.

Im Herbst 1999 hatte Heike eine Fehlgeburt. Der erste herbe Niederschlag in unserem gemeinsamen Leben. Die scheinbare Perfektion bekam Risse. Langsam ging unsere Leichtigkeit verloren. Sie verlor das Kind (Jacob) innerhalb der ersten drei Monate. Zum ersten Mal mussten wir mit uns kämpfen, um die Trauer zu beherrschen, um weiterzumachen. Eine Fehlgeburt, die Heike sehr zusetzte und die sie nicht aus dem Kopf bekam, wahrscheinlich nie.
Im Dezember 2000 kam Emma zur Welt. Heike wollte dieses Kind, und setzte mich ziemlich unter Druck. Sie wollte es sich, mir und der Außenwelt beweisen, dass ihr Körper Kinder austragen konnte. Es hatte offensichtlich viel mit ihrem Ego zu tun. Nur ein Kind zu haben, hätte in ihren Augen Unfähigkeit bedeutet.
Das sind alles Gedanken, die mir erst jetzt in der Rückschau klar werden. Ob ich mir das nur zurechtlege, weiß ich nicht. Ich denke aber, dass ich tief genug in unserem System verankert war, so dass ich mir eine Bewertung zutrauen darf.

Auf jeden Fall hatte sich Heike eine Woche ausgeguckt, in der wir sie, die Zeugung, hinbekommen sollten. Wir bekamen es hin, ich mit viel Zucker, Schokolade, gutem Essen und Obst und am Ende todmüde. Mittlerweile waren wir über die Zwischenstation einer weiteren Mietwohnung in unser Haus gezogen. Emma kam schnell zur Welt. Paul brauchte noch vier Stunden, Emma nur noch eine. Die Schwangerschaften waren Heikes Hochzeiten. Sie fühlte sich gut, war aktiv, hatte viele Termine, viele Treffen mit Freundinnen, war oft aus und war gesundheitlich fit, sie fühlte sich gut und war schön, wunderschön. Ihre Wochenbettdepressionen nahm ich nicht wahr. Entweder hatte ich kein Gespür dafür, oder ich war einfach zu oberflächlich, oder ich hatte zu viele andere Dinge im Kopf. Ich habe geschlafen, habe meine Frau häufig nicht objektiv wahrgenommen. Vielleicht war ich auch zu unsensibel, oder sie hat es mir nicht deutlich genug gesagt, hat es runtergeschluckt. Sie hat mich nie belastet, hat mir immer alle Sorgen abgenommen. Ich musste nach außen hin den Starken geben, wollte meine Dissertation voranbringen, war noch nicht im Job und hatte mich noch nicht gefunden, hatte noch nicht den Weg klar, den ich gehen wollte. Das alles war mir selbst aber nicht bewusst. Heike dagegen machte sich immer Sorgen ums Geld, wurde manchmal sogar wütend, wenn ich es lockerer sah. Ich versuchte sie zu beruhigen, aber sie sah es anders. Sie wollte neben den Kindern auch noch arbeiten, um eine Grundfinanzierung zu organisieren. Dazu benötigte sie einen Job, der krisensicher war: der Lehrerberuf. Sie übernahm in der Anfangszeit die komplette Verantwortung für die Familie. Sie wollte es und setzte sich damit höllisch unter Druck. Ich hatte mich in der Zwischenzeit mit meinen Spinnen selbstständig gemacht und verdiente die ersten beiden Jahre so gut wie nichts. Irgendwann lief es dann besser, größere Aufträge kamen rein, und ich konnte meinen Teil zum Haushalt beitragen. Die finanzielle Situation entspannte sich. Morgens kümmerte ich mich um die Kinder und machte den Haushalt, putzte und kochte. Mir gefiel diese Rolle nicht, denn ich wollte mehr arbeiten. Ich haderte sehr mit meiner Aufgabe. Mittags war Kindertausch und Heike kümmerte sich. Vielleicht, aus meiner heutigen Sicht, war das zu viel für Heike: Job, Kinder, einen mit Empathie unterversorgten Mann, der zuweilen egoistische Tendenzen aufwies, und die immer wiederkehrenden Geldsorgen. Sie war sicherlich sensibler als ich, war dadurch aber auch mehr belastet.

2001 kam es dann zur zweiten Fehlgeburt (Hannes). Heike war am Boden zerstört. Wieder hatte sie das Kind in den ersten drei Monaten verloren. Sie fiel in ein tiefes Loch, aus dem sie erst Monate später mühsam wieder hervorkroch. Sie schaffte dies ohne meine Hilfe. Auch das habe ich nicht wahrgenommen. Hilfe wäre damals sicherlich nötig gewesen, wir, ich habe es versäumt. Sie redete nicht, erzählte mir ihre Sorgen nicht. Sie funktionierte nur. Das ist viel zu wenig in so einer Situation. Ja, sie war mal mürrisch, aber ich habe es nicht als Zeichen einer Depression gewertet. Wenn man tagtäglich mit einem Menschen so nahe zusammenlebt, entgehen einem kleine Hinweise. Veränderungen nimmt man nicht oder zu spät wahr. Es ist wie das Wachstum der Kinder. Man selbst merkt kaum, dass sie wachsen. Dafür kennt jeder den Spruch der Großmutter: Och, was bist du aber groß geworden.

Kein Wunder, sie sehen die Kinder ja meist nur im Abstand von Wochen, und nicht permanent.

2003 wurde dann Anton geboren. Er brauchte nur noch eine halbe Stunde, um das Licht der Welt zu erblicken. Bisher hatten wir nur ungerade Kinder bekommen. Paul (1), Jacob gestorben (2), Emma (3), Hannes gestorben (4) und Anton (5). Wieder die gleichen Abläufe wie bei Paul und Emma. Das Haus füllte sich, die Arbeiten, die wir zu stemmen hatten, wurden mehr, aber irgendwie ging es. Wir schafften den Alltag, organisierten uns. Heike konnte wieder Sport treiben, wir fuhren gemeinsam nach Baltrum, machten am Wochenende ab und zu Ausflüge. Wir nahmen uns nur zu wenig Zeit füreinander. Die Kinder raubten uns die Kraft. Wir lebten vor uns hin, den Tag ausgefüllt mit Arbeit, Haushalt und Kindern. Wir beschränkten unsere Zweisamkeit auf die Samstagabende. Dann saßen wir vor dem Fernseher, aßen gut und viel und genossen die Ruhe. Ich arbeitete abends meistens, auch an den gemeinsamen Wochenendabenden, mit dem Laptop auf dem Schoss. Heike schaute zunehmend mehr fern, auch in der Woche, wenn die Kinder im Bett lagen. Sie war einfach müde und konnte nicht mehr. Ihr Job, sie war Lehrerin an einer Hauptschule, baute zunehmend Frust auf. Sie bekam keine positive Resonanz, obwohl sie sich ständig bemühte, Extraprojekte durchführte und mehr Stunden investierte, als es üblich war. Parallel versuchte sie, die schwindende Kirchengemeinde in Nienberge mit ein paar anderen Müttern zu erhalten. Organisierte und investierte viel Zeit. Letztlich blieben die Organisatorinnen dann aber doch allein, wenn die Messen gelesen wurden. Sie konnte sich nicht aufraffen, irgendetwas für sich selbst zu machen. Ich versuchte immer wieder, sie anzuspornen, versuchte Freiräume zu schaffen, aber sie konnte sich nicht motivieren. Ihr Frust stieg. Viele Dinge klappten einfach nicht so, wie sie sich das vorstellte.

Dennoch hatten wir uns eingerichtet. Es lief mal schlechter, mal besser. Wir haben die Zeichen nicht erkannt, haben nicht auf sie reagiert. Das Geld war zwar nicht üppig, aber wir kamen mit unseren drei Kleinen gut klar. Das Leben plätscherte dahin.

Ich weiß nicht, ob das alles so weitergegangen wäre, wenn Heike nicht krank geworden wäre. Ich wäre sicherlich eher oberflächlich geblieben, habe die Werte unserer Beziehung damals falsch eingeschätzt oder einfach nicht erkannt. Ich wusste, was ich an dieser Frau hatte, versuchte zu motivieren, sie aufzubauen, wenn sie still war, fragte nach, bekam aber keine Antworten. Heike hätte nach wie vor nicht geredet, hätte ihre Trauer, ihre Ängste mir nicht mitgeteilt. Sie schrieb, und auch das wusste ich nicht, alle Sorgen in ihre Tagebücher. Ich habe erst spät davon erfahren, dass sie überhaupt schrieb. Zu spät! Wir hätten sicherlich hart an uns arbeiten müssen, wenn die Kinder aus dem Haus gewesen wären. Wir hätten erst wieder zueinander finden müssen. Aber arbeiten konnten wir ja, das waren wir gewohnt. Wir waren vielleicht wie viele Eltern mit Kindern, die ihr Leben um die Kinder herum gestalten. Die versuchen, Alltag, Beruf und das Zuhause unter ein Dach zu bekommen, damit die Dinge laufen. Es ist eben nicht mehr die Zeit des Verliebtseins, der Schmetterlinge im Bauch. Es sind Schwangerschaftsstreifen, volle Windeln, nicht abgewaschenes Geschirr, unrasierte Gesichter, Augenringe, Berge von Wäsche und ganz viele Verpflichtungen, die einem die Luft abschnüren. Man bekommt den Alltag hin, es fehlt aber die Kreativität und die Kraft, Neues zu gestalten. Manchmal denke ich, dass das Großfamilienmodell von früher auch seine Vorzüge hatte. Aber wir lebten und leben in einer anderen Zeit. Großeltern sind von ihren Enkeln räumlich entfernt. Die junge Familie muss schauen, wie sie klarkommt. Man versucht, über Freunde Zeiten rauszuschinden, nur um dann wieder für die Freunde Zeiten zu schaffen. Es ist ein Nullsummenspiel, in dem man nicht gewinnen kann.

✤ ✳ ✤

❧ Sommer 2006 ❧

Dann kam der Sommer 2006. Großartiges Wetter, viel Sonne, gute Temperaturen. Heike blühte auf. Ich hatte den Eindruck, sie hatte sich ein Stück weit gefunden und erholt von den fünf Schwangerschaften. Sie war fast nur unterwegs, Sport, Verabredungen. Sie lebte auf, schnitt sich die Haare kurz, färbte sie blond, genoss das Leben. Lachte viel, machte Späßchen und war aktiv. Sie war wie ausgewechselt. Im Spaß fragte ich sie mal, ob ich denn auch einen Termin bei ihr bekommen könne. Ich freute mich für sie, sie schien die Kurve bekommen zu haben. Dass es ihr letzter guter Sommer sein sollte, konnten wir nicht ahnen. Auch unsere Beziehung war wunderbar, wir hatten auf einmal Räume, genossen gemeinsame Zeiten, lebten wieder miteinander. Redeten viel, liebten uns. Es war, als ob jemand den Schalter umgelegt hätte, wieder neuen Schwung in unsere pausierende Liebe pumpte. Der Alltag rutschte in den Hintergrund und wir rutschten wieder in unseren gemeinsamen Fokus.

Heike wurde wieder schwanger. Wir hatten Sorgen, dass diesmal wieder etwas schieflaufen könnte. Conrad war ein „gerades" Kind, was bisher nicht funktioniert hatte.

Was ist, wenn er behindert wäre?
Natürlich würden wir ihn annehmen, aber wäre das dann die Strafe für unsere Unachtsamkeit, das Darauf-los-lieben im Sommer?
Und wer verteilt Strafen?
Haben wir einen Fehler gemacht mit Conrad?

Die Tatsache, dass wir ein viertes Kind bekommen sollten, war uns egal. Wir wollten Kinder und bekamen sie. Wir hatten Spaß mit unseren Kindern, liebten sie sehr. Die Schwangerschaft verlief ohne Komplikationen, und Conrad kam im März 2007 zur Welt. Es war mehr oder weniger eine Sturzgeburt. Wir schafften es so gerade bis ins Krankenhaus. Die Hebamme hatte Spaß, denn sie war zu spät und konnte trotzdem kassieren.

Danach das Übliche. Heike wurde stiller, machte Gymnastik, um wieder schnell fit zu werden, aber der Bauch wurde einfach nicht kleiner. Wir machten uns erst keine Gedanken. Nach vier Kindern ist das Bindegewebe nicht mehr das Beste, dachten wir. Mir war es egal, ich fand sie immer schön, was sie mir nicht glaubte. Alles wurde auf Conrad abgestellt, um ihn in die Familie zu integrieren. Er war von Anfang an unkompliziert, machte keinen Stress, fügte sich gleich ein. Er hatte mit seinen drei Geschwistern aber auch reichlich Ansprache. Wir liebten ihn genauso, wie wir die anderen Drei liebten.

Zu unserem 14. Jahrestag am 21. März 2007, fünf Tage vor Conrads Geburt, schrieb Heike in großen blutroten Buchstaben an die Wand in unserem Schlafzimmer:

Wo die Liebe ein Zuhause findet, wird sie stetig weiterwachsen.

Die Kinder waren Ausdruck unserer Liebe zueinander, auch wenn wir uns die Liebe vielleicht nicht immer gezeigt haben.

❧ Diagnose ☙

Irgendwann ging Heike zu Katharina, weil der Bauch nicht kleiner wurde. Katharina ist die Frau von Patrick. Zwei Menschen, die in ihrer Korrektheit und Ehrlichkeit immer eine Stütze sein sollten. Patrick hatte ich an der Uni kennengelernt. Wir hatten beim gleichen Professor promoviert und viele lustige Stunden in der Uni verbracht. Nach der Uni gingen unsere Wege auseinander, bis sie Jahre später, Patrick war mittlerweile selbstständig, wieder zusammenstießen. Wir brauchten eine kurze Zeit, bis wir uns wieder aneinander gewöhnt hatten, arbeiteten aber seitdem eng zusammen. Katharina stand als seine Frau immer etwas im Hintergrund, bis auch Heike sie kennenlernte. Die beiden Frauen hatten gleich eine gute Ebene miteinander, da sie, aus meiner Sicht, beide nordisch zurückhaltend waren. Katharina und Patrick brachten sich immer ein, wenn bei uns Not am Mann war. Immer! Sie drängten sich aber nie auf.

Katharina, die gelernte Osteopathin, ertastete, zur besagten Zeit fünf Wochen nach Conrads' Geburt mit ihren hochsensiblen Händen etwas im Bauch, was sie nicht einordnen konnte. Sie schickte Heike umgehend zum Hausarzt. Der machte ein Ultraschall und sah etwas, was er nicht einordnen konnte. Er überwies uns ans Clemenshospital in Münster zum MRT. Es war ein Freitag, fünf Wochen nach Conrads Geburt. Unsicherheit machte sich breit, die Welt begann langsam zu wanken, wurde instabil.

Kam jetzt doch die Strafe für unser Leben?

Aber wir hatten nichts Böses getan. Wir wollten eine Familie, wollten uns lieben, wollten arbeiten, wollten unsere Kinder erziehen und gemeinsam alt werden. Unser größter Traum: gemeinsam alt werden.

Katharinas Hände, ihre Sensibilität und ihr Wissen haben uns letztlich zweieinhalb Jahre geschenkt. Der Tumor, der jetzt diagnostiziert wurde, hätte jeden Moment platzen können. Er war randvoll mit Flüssigkeit, die sich in den Bauchraum hätte ergießen können.

✛ ✳ ✛

❧ Behandlungen ❧

Der Tod saß mit uns im Park des Clemenshospitals, auf einer Bank. Hinter uns die Gräfte, vor uns die Kinder, die den sechs Wochen alten Conrad im Kinderwagen durch den Park schoben. Paul neun, Emma sieben und Anton vier Jahre alt. Dort saßen wir, in den Händen ein MRT- Bild. Ein eiförmiger 25 Zentimeter großer Tumor mit einem Gewicht von über 2 Kilogramm an der Bauchspeicheldrüse. Waren es unsere Hände, oder waren es die des Todes, der uns zeigte: Schaut her, hier ist es, hier ist euer gemeinsames Ende.

Komisch, jetzt wo ich das aufschreibe, fällt zum ersten Mal seit Tagen ein Sonnenstrahl durch die Regenwolken in mein Kellerbüro, genau in mein Gesicht. Ich schaue durchs Fenster und sehe nur dieses eine Loch in den Wolken. Vielleicht ein Hinweis auf Talmud, denn unser Ende ist es nicht, vielleicht nur das auf der Erde.

Conrad wurde noch am gleichen Abend abgestillt. Er nahm es ohne Murren hin. Heike bekam Mittel, damit die Milchproduktion beendet wurde. Sie hätte den kleinen Mann so gerne weiter gestillt. Aus ihrer Sicht wieder eine körperliche Niederlage, wie die beiden Fehlgeburten. Die Ärzte und die Gesundheitsmaschinerie arbeiteten schnell. Der operierende Arzt kannte diesen seltenen Tumortyp, er tritt nur dreimal pro Jahr in Deutschland auf. Er konnte ihn am folgenden Mittwoch entfernen. Heike ließ alles über sich ergehen, nahm den Tumor nicht ernst und sprach immer nur von der Zyste. Sie klagte nie. Es schloss sich eine Chemotherapie an, die sie nur deshalb machte, weil es die Ärzte anordneten. Der Arzt in der ambulanten Onkologie sprach von 80 Prozent Überlebenswahrscheinlichkeit, wenn Heike ein Jahr lang ohne Befund bliebe. „Überlebenswahrscheinlichkeit", wie das klingt. Wir hatten einen Befund, wir haben ihn mechanisch entfernt, wir haben chemisch nachgesorgt. Jetzt ist alles wieder gut. Nur ein Schuss vor den Bug, nur ein Tief, wie alle Menschen dies einmal erleben. Nichts, was uns bremsen kann. Das Ende, nein, das ist weit entfernt. „Überlebenswahrscheinlichkeit", wie sich das anhört, als ob Heike daran sterben wird. Sie sitzt doch neben mir, wir sprechen miteinander, wir lachen, wir haben Kinder, wir können uns anfassen. Und jetzt sagt uns jemand, dass die Möglichkeit bestehen könnte, dass Heike sterben wird, dass es 20 Prozent gibt, die nicht kontrollierbar sind.

Wir waren unsicher, was nun passieren würde. Ich recherchierte, nahm mit der halben Welt Kontakt auf, um weitere Lösungen zu generieren, mir Informationen zu sichern, um mit den Ärzten auf gleicher Ebene sprechen zu können, um die Kontrolle über die Situation zu bekommen und zu behalten. Ich hatte mir Doktorarbeiten und Fachartikel besorgt und mittlerweile mehr Kenntnisse zu diesem Tumortyp als unser Hausarzt. Heike dagegen blieb passiv, machte alles, was man ihr sagte, ergriff aber nicht die Initiative.

An einem Abend versuchte ich Heike klarzumachen, dass Krebs auch einen psychologischen Aspekt hat und sie alles auf den Prüfstand stellen solle, auch unsere Ehe. Ich wollte ihr die Möglichkeit geben, sich uneingeschränkt ihrer Krankheit zu widmen, auch wenn unsere Ehe daran zerbrechen würde. Ich hatte alles schon mal bei meinem Vater erlebt. Sieben lange Jahre hatte er gekämpft, hatte jeden auch noch so schwachsinnigen Strohhalm ergriffen. Er hatte panische Angst vor dem Tod, konnte aber letztlich nichts an seinen Gedanken ändern, seine fanatische Einstellung zur Kirche, die ihm damals keinen Halt bot, vor der er sich aber so sehr fürchtete. Aus meiner Sicht war das völlig irrational, da er keinerlei Chancen hatte, gegen seinen Krebs zu gewinnen. An dem Leidensprozess meines Vaters hatte ich nicht teilgenommen. Hatte diese Arbeit meiner Mutter und meiner Schwester überlassen. Ich konnte es nicht. Ich war unreif, wollte diese Belastung nicht haben. Außerdem hatte ich gerade mein großes Ziel erreicht, ich studierte Biologie.

Mein Lebenstraum, jetzt sollte ich Abstriche machen, um meinem kranken, fanatischen Vater zu helfen?

Nein, das konnte und wollte ich nicht. Dazu kam, dass ich nicht wirklich einen guten Draht zu meinem Vater hatte. Unsere politischen Überzeugungen waren meilenweit voneinander entfernt. Ich war eher grün, er kohlrabenschwarz. Über das Thema Bundeswehr wurde gar nicht diskutiert. Natürlich hatte ich dahin zu gehen, schließlich war er Leutnant der Reserve. Ich machte meine Bundeswehrzeit und beendete diese untergewichtig, weil ich nichts essen konnte. Ja, sicherlich hat er sich Mühe gegeben, aber wenn man an die Kindheit denkt und dabei eine einwöchige Fahrradtour nach Münster als einziges gemeinsames Erlebnis übrigbleibt, ist das zu wenig. Vielmehr stand ich immer unter Druck, er war doch ein wichtiger Mann im Dorf. Gerne hätte ich mich an ihm gerieben, mit ihm diskutiert. Er ließ dies alles nicht zu. Also war die Biologie für mich auch Flucht. Weg von zu Hause, rein in den Wald, ohne Diskussionen, Druck und Anweisungen, ohne Beobachtungen.
Ich hatte also in dem Gespräch mit Heike versucht klarzumachen, dass der Krebs auch eine psychologische Komponente hat. Das mein Vater dies nicht für sich lösen konnte. Ich wollte nicht, dass der gleiche Fehler noch einmal durchlaufen wird. Heike nahm das Angebot nicht an, sie wollte nicht. Zumindest konnte ich durchdrücken, dass sie sich eine Psychologin suchte. Ich hatte Hoffnung, dass

diese etwas bei Heike bewirken würde, dass sie Heike aufbrechen würde, damit sie in die Lage versetzt würde, eigene Entscheidungen egoistisch durchzusetzen. Egoismus hat ihr immer gefehlt. Ich hatte davon hingegen reichlich.

Scheinbar haben wir uns dann in der folgenden Zeit auf den Tod vorbereitet. Aber nur scheinbar. Alle Gedankengänge, alle theoretischen Überlegungen, reine Theorie, nichts davon wirklich gespürt, das Gefühl dazu konnte ich einfach nicht aufbauen. Eine Vorbereitung ist nicht möglich, weil nichts vorhersehbar ist.

Erst einmal schafften wir es, es wurde wieder ruhiger. Die Chemo war mit ihren Höhen und Tiefen kurz vor Weihnachten abgeschlossen. Das neue Leben sollte nun starten, wir hatten unseren Tiefpunkt erlebt. Jetzt sollte es wieder bergauf gehen. Eine Untersuchung im Januar ergab keinen Befund. Es sah gut aus, es konnte weitergehen. Heike fing wieder an zu arbeiten. Wir versuchten den Alltag für uns zurückzugewinnen. Wir machten so weiter wie bisher, zwar angeschlagen und etwas nachdenklicher, aber im Grund ging es so weiter wie vor der Diagnose.

✛ ✳ ✛

☙ Rückschlag ❧

Im Mai 2008 war ich mit Anton auf dem Rückweg aus der Eifel, von einem Forschungsprojekt, als ich einen Anruf von Heike bekam. So hatte ich sie bisher nicht erlebt. Sie erzählte mir unter herzzerreißenden Weinkrämpfen, dass ihr Neffe (Steffen, 18 Jahre) einen tödlichen Unfall hatte und dass sie einen acht Zentimeter großen Tumor an der Leber habe. Der Krebs kehrte zurück. Die Welt brach an diesem Tag doppelt zusammen. Diesmal war der Krebs bösartig. Die Zellen wucherten. Veränderte Metastasen des ersten Tumors, die Zyste, mit der es doch eigentlich ganz gut aussah, so problemlos zu entfernen gewesen war. Dr. Lerchenmüller, der Onkologe, war wie immer ehrlich, wir hatten dies von ihm verlangt, wollten nicht mit blasigem, schleimigem Gequatsche beruhigt werden. Ich wollte es nicht, wollte wissen, was wird, damit ich planen konnte.

Pah, als ob man das kann!

Immerhin warteten vier Kinder auf uns, Conrad war gerade ein Jahr, und die anderen waren auch weit davon entfernt, auf eigenen Füssen zu stehen.
Jetzt wurde die achtzigprozentige Überlebenswahrscheinlichkeit auf 50 Prozent reduziert. Eine 50:50-Chance blieb uns noch, wie bei „Wer wird Millionär". Keiner legte sich mehr auf einen Erfolg fest. Die Aussage zog Heike komplett den Boden unter den Füssen weg. Zum ersten Mal sah ich, wie sich der Tod in das Gesicht meiner Frau schlich. Sie wollte schreien, konnte es aber nicht. Das

Entsetzen, die Panik hatten sie im Griff. An diesem Tag starb sie das erste Mal vor meinen Augen. Ihr Gesichtsausdruck war leer und grau. Paul war zehn, Emma acht, Anton war fünf Jahre und Conrad ein Jahr. Keine Ahnung, was mit ihnen passieren würde. Die Kinder spürten unsere Angst, machten auf sich aufmerksam und riefen nach Halt, den wir ihnen nicht geben konnten. Wir waren mit uns beschäftigt, schafften nur ihre Versorgung, konnten sie aber nicht stützen. So hatte ich mir das für unsere Kinder nicht vorgestellt. Ich wollte ihnen Sicherheit geben, eine ruhige Kindheit, und ich bot ihnen Chaos, Unsicherheit und Angst.

Meine Schwiegermutter (Johanna) sprang ein. Die Zeit ging ins Land. Der Kontakt zu ihr wurde zunehmend schlechter je mehr sie sich einbrachte. Mittlerweile war ich aus ihrer Sicht für Heikes Krankheit verantwortlich, da ich nicht genug Geld verdiente. Johanna musste bald mehr gestützt werden als wir. Sie konnte die Schicksalsschläge (Tod des Enkels, Krebs bei der Tochter) nicht auffangen, wurde an ihre eigene nicht aufgearbeitete Kindheit erinnert, als sie ihre Mutter an Brustkrebs verlor. Meine Schwägerin Gitta hielt mich für einen groben Klotz, der Heike unterdrückte. Auch sie kam an ihre Grenzen. Dabei hatte ich nur versucht, durch logisches Denken einen Fahrplan zu erarbeiten, um unser Leben wieder in den Griff zu bekommen, um, wenn es doch der Supergau werden würde, einen Handlungsstrang zu haben, um mit den Kindern weitermachen zu können. Ich handelte als Mann und nahm die Fäden in die Hand, schob die Gefühle beiseite und handelte kalt, rational. Gefühle empfand ich bei den Entscheidungen als hinderlich. Ich wollte Lösungen. Kontakt zu meinen Eltern und zu meiner Schwester hatte ich zu diesem Zeitpunkt bereits seit zehn Jahren nicht mehr. Das, was hielt, war unser selbstgesponnenes soziales Netz in Münster-Nienberge. Die Leute halfen, wo es ging. Ich hatte alle, die in unserem Umkreis aktiv waren, in unsere Situation eingeweiht, hatte es allen erzählt. Der Kindergarten und die Schule reagierten gut und angemessen auf unsere Situation.

Als Nächstes stand die Beerdigung des Neffen an, dann in der Woche drauf die Leber-OP von Heike. Wieder komplikationslos, wieder nur Routine. Danach diesmal keine Chemo. Man vermutete, dass die erste Chemo nutzlos gewesen sei und verlegte sich deshalb auf regelmäßige Kontrollen. Später stellte sich heraus, dass wir auch die Medikamente aus der Apotheke bekommen hatten, dessen Apotheker die Mittel wirkungslos runterverdünnt hatte, um mehr Profit zu machen.

Heike erholte sich, blieb aber krankgeschrieben. Sie kröste zu Hause rum, machte dies und das, kümmerte sich um die Kinder. Versuchte, Alltag zu gestalten, den Kindern die Basis zurückzugeben. Und ich genoss die Zeit, in der sie zu Hause war, hatte ich doch jetzt mehr Raum, um die „verlorene" Zeit für meine Arbeit nachzuholen. Im November 2008 ging sie mit Anton und Conrad zur Kur nach Bad Steben. Es war eine ruhige Zeit. Ich sollte die kommenden drei Wochen den Haushalt allein schmeißen, Paul und Emma versorgen. Ich litt, mir fiel es schwer, ich arbeitete und rieb mich auf, und als ich sie Anfang Dezember abholte, sah ich aus wie ein Wrack. Ich hatte furchtbares Heimweh nach ihr. Sie dagegen hatte sich erholt, sah blendend aus. Sie war unglaublich schön, als ich sie abholte.

Vor Weihnachten der nächste Schlag. Die Frauenärztin hatte einen acht Zentimeter großen Tumor an den Eierstöcken entdeckt. Heike war mit dem Fahrrad bei ihr, sie rief mich an und war völlig mit den Nerven runter. Die Frauenärztin überwies sie gleich an die Uniklinik zur Kontrolle. Ich blieb zu Hause, die Kinder mussten versorgt werden, Heike radelte allein zur Klinik. Wir blieben in Handykontakt. Dort gab man ihr die Entwarnung für die Eierstöcke, aber Heike habe Darmkrebs. Ich solle ein paar Dinge vorbeibringen, sie solle dableiben. Wir zogen die Bremse, wollten uns erst besprechen und schalteten den Hausarzt ein, der uns beruhigte. Keine Panik, das sei nur Wundwasser der Leber-OP, das habe er schon bei der letzten Routineuntersuchung gesehen, aber vergessen zu sagen. Im Januar wolle er sich das Wundwasser noch mal ansehen, da es weniger werden müsste. Wir waren erlöst, jetzt konnte Weihnachten kommen. Die Leichtigkeit kam ein wenig zurück, kein Leid, keine Krankheit, kein Tod störte uns zwischen den Tagen. Wir waren entspannt, konnten mit den Kindern feiern.

Bis März 2009 war alles okay, keine Rückschläge. Der Winter ging, die dunkle Jahreszeit machte dem Frühling Platz. Die Vögel fingen an zu singen, die Blumen krochen aus dem Boden und erfüllten die Gärten mit Farbe. Das Grau, das Leid, die Angst wichen von uns. Mit jeder Untersuchung stieg die Zuversicht, doch noch unseren Traum vom gemeinsamen Altwerden zu erreichen.

✢ ✱ ✤

❧ Wildwasserbahn ✍

Es ist der 20. März 2009: Wir haben wieder eine Diagnose, die aber nichts klar werden lässt. Keiner hat Ahnung, keiner weiß was, vertrösten, warten, hoffen, unsichere Ärzte. Ärzte ohne Ahnung sind an ihren Grenzen angekommen.

Hier beginnt die Wildwasserbahn, wie Patrick es ausdrückte. Es geht bergab, du siehst, dass du irgendwann unten aufschlagen wirst, dass die Fahrt nicht zu bremsen ist. Das Einzige, was du tun kannst, sind die seitlichen Stöße abzupuffern.
Nachfolgend will ich Passagen aus meinem Tagebuch wiedergeben.

Mit dem Tagebuch hatte ich begonnen, um mir meine Gedanken aus dem Kopf zu schreiben. Ursprünglich hatte ich Heike vorgeschlagen, ein Tagebuch für ihre Kinder zu schreiben, ähnlich den Aidstagebüchern. Diese werden von den kranken und sterbenden Müttern geschrieben, damit sie den Kindern etwas hinterlassen können. Heike wollte nicht, da sie davon ausging, dass ihr Tod noch mindestens zehn Jahre weit weg sein würde. Sie empfand meinen Vorschlag als Verrat. Dabei war ich vielleicht einfach ein Stück rationaler, wollte schon jetzt den Weg für später ebnen. Mir war dabei schon klar, dass das für Heike schwierig sein würde, aber bei mir standen jetzt die Kinder immer mehr im Fokus, denn schließlich würde ich, wenn alles schiefginge, derjenige sein, der die komplette Verantwortung bekäme. Also fing ich an zu schreiben.

Ja, vielleicht habe ich sie verraten, aber hatte ich keine Rechte?
Warum sollte alles nur auf sie als Kranke ausgerichtet werden?
Was war mit den vier Kindern?
Hatten auch sie keine Rechte?

Die nachfolgenden Worte spiegeln meine Gedanken zu dieser Zeit wider. Sie sind nicht nachträglich überarbeitet, nicht korrigiert. Es ist eine Zeit zwischen Hoffen und Bangen, zwischen Verzweiflung und Glückseligkeit. Eine Achterbahnfahrt der Gefühle, nicht steuerbar und unter den damaligen Bedingungen auch nicht reflektierbar. Ich saß in diesem Sumpf von unheilbarer Krankheit, Verantwortung für Job, Haushalt und Kinder und sollte gleichzeitig Heikes Krankheit managen, Entscheidungen über Therapien und Eingriffe treffen. Gleichzeitig musste ich Heike Mut zusprechen, die Kinder beruhigen und die erweiterte Familie im Griff behalten, die mir die Schuld an Heikes Krankheit gab. Freunde mussten mit einbezogen werden, Institutionen informiert werden, wie beispielsweise Kindergarten und Schule, damit diese wiederum auf die Kinder eingehen konnten. Und irgendwie versuchte ich gleichzeitig schon einen Weg für „the-day-after" zu planen, eine Zukunft zu gestalten mit den Kindern, mit meiner Einsamkeit, mit meiner Verzweiflung. Das nicht alles gelingen konnte, ist mir heute klar. Ganz bestimmt habe ich viele Fehler gemacht, aber alle Entscheidungen lagen nun mal in meiner Hand.
Bei mir allein!

* ✳ *

❧ Tagebuch ❧

2009

21.03.2009

Heute Vormittag waren wir im Hochzeitswald in Nienberge am Haus Rüschhaus. Ich hatte Heike zu Weihnachten eine Rotbuche geschenkt. Unseren gemeinsamen Familienbaum. Ich hatte mir gedacht, dass das für Heike vielleicht wichtig sein könnte, dass wir einen gemeinsamen Baum haben, der für unsere Familie steht. Vielleicht ein wenig wie eine stabile Säule, die den Wetterereignissen trotzt, die Stärke vermittelt, die Kraft gibt. Es war eine offizielle Einweihung mit ein paar Abgeordneten der Stadt und den Brautpaaren, nebst ihrem familiären und befreundeten Anhang. Die Bäume waren bereits gepflanzt, und es gab Reden, Musik und Sekt.

Emotional war dieser Termin für uns beide eine Katastrophe.

Sehen wir den Baum gemeinsam wieder?

Sieht Heike ihn ergrünen, oder stirbt sie vorher?

Was kommt jetzt auf uns zu?

Wir sind doch erst beide vierzig Jahre alt.

Das ist doch noch kein Alter zum Sterben?

Was wird aus den Kindern?

Wie soll ich das allein alles hinbekommen?

Wir haben doch noch so viel vor?

Wollen doch noch verreisen, uns lieben, in der Sonne liegen, unsere gemeinsame Zeit genießen. Wir lieben uns doch so sehr.

Soll jetzt alles zu Ende sein?

Kommt jetzt ein anderer Krebs, den wir nicht wieder einfach so entfernen lassen können?

Kommt jetzt Siechtum?

Stirbt mir meine Frau weg?

Verlieren die Kinder ihre Mutter?

Vielleicht war es gut, dass wir immer darauf geschaut haben, viel miteinander zu reden. Vielleicht haben unsere Kinder dadurch mehr von ihrer Mutter mitbekommen als manch anderes Kind. Vielleicht.

Aber was soll das alles, wenn sie jetzt stirbt?

Wie ich mit der Situation umgehen soll, weiß ich nicht. Ich bin am Ende. Ich heule, sobald meine Kinder wegsehen. Ich heule, wenn ich diesen Text schreibe. Aber vielleicht hilft er meinen Kindern später, wenn sie aus dem Haus gehen. Verstehen, warum ich diese oder jene Entscheidung getroffen habe. Auch wenn sie diese damals nicht verstanden haben. Vielleicht verstehen sie, dass ich dieses Leben nicht wollte, nicht geplant hatte und nicht vorhersehen konnte. Für meine Kinder tut mir die Situation unendlich leid. Vielleicht müssen sie ohne Mutter aufwachsen. Ihre ganze Kindheit auf ihre Mutter verzichten. Sie können doch nichts dafür. Es ist doch nicht ihre Schuld, aber trotzdem müssen sie damit zurechtkommen. Sie werden dazu gezwungen.

Ist das nicht ungerecht?

Wo liegt darin der Sinn, wenn es ihn gibt?

Vielleicht hatten wir aber auch nur Pech. Zurückdrehen können wir es nicht, wollen wir auch nicht. Denn bisher waren es fantastische Jahre. Jahre voller Liebe. Mehr Liebe geht vielleicht nicht, und vielleicht haben wir unser Quantum an Liebe auch aufgebraucht. Vielleicht haben wir uns für fünfzig Jahre geliebt und alles in siebzehn Jahre reingesteckt. Vielleicht ist das aber auch alles Nonsens. Vielleicht hatten wir nur Pech. Was dann bleibt, sind die Erinnerungen. Wunderbare Erinnerungen ohne Streit mit vielen Gesprächen, mit einfach ganz viel Liebe.

21.03.2009 17:34 Uhr

Nun sitze ich hier und versuche, alles aus meinem Kopf raus zuschreiben. Alle Ängste, alle Gefühle. Ich weiß, dass ich fast nichts tun kann. Heike geht ihren Alltagsarbeiten nach, Haushalt, Kinder und Einkaufen. Sie versucht, sich abzulenken. Wir reden nicht über unsere Ängste. Versuchen, wenn wir Blickkontakt haben, zu lächeln. Ein Lächeln, hinter dem ganz viel Trauer liegt und Angst vorhanden ist. Ungewissheit, was passiert, was mit ihr passieren wird. Was mit uns passiert. Gedanken, die sich nicht ordnen lassen, die kommen und gehen, die sich nicht unterdrücken lassen. Gefühle, die einen überfluten, wieder gehen und einen dann wieder anspringen. Die nicht zu steuern sind.

Diesmal will ich stärker sein als bei der zweiten Krebsdiagnose. Will nicht zusammenbrechen, will Heike Halt geben, sie stützen, mit ihr gehen. Ihr meine Liebe zeigen. Meiner Frau, die ich so endlos liebe, die ich vergöttere, die für mich auf einem Sockel steht. Die so viel Angst hat und trotzdem weitermacht. Meine Gefühle überwältigen mich. Ich gehe jetzt besser nach unten zu ihr und versuche, einfach nur da zu sein. Vielleicht hilft ihr das, lenkt sie ab. Draußen scheint die untergehende Sonne. Alles ist in warme Farben getaucht. Der Himmel ist blau, die Farben weich und die Angst kalt. Es tut weh, schrecklich weh. Das Schlimme ist die Stille. Diese Stille, die schreit, die einen erwürgt. Stille, in der die Gedanken schreien, einen nicht loslassen.

21.03.2009 abends

Michael schaut vorbei. Ich kann ihm alles erzählen. Er bricht förmlich zusammen, ist geschockt. Natürlich bietet er mir all seine Hilfe an. Das, was aber wirklich guttut, ist, dass er mich lobt. Er wüsste nicht, wie ich das alles schaffe. Auch meine Planungen, mit Arbeitsverringerung und eigenen Therapeuten gefallen ihm. Er weiß aber auch, dass ich alles gestemmt bekomme. Michael warnt mich vor der selbsterfüllenden Prophezeiung. Momentan scheint alles dahinzulaufen. Ich habe aktuell wenig Arbeit, was mir Zeit und Raum für Heike gibt. Die finanzielle Absicherung passt und so weiter...

22.03.2009

Heike und ich liegen morgens gemeinsam im Bett. Eng zusammengekuschelt. Kein Sex, nur Zusammensein. Erst ist lange nur Stille und Nähe da, dann fangen wir an zu reden. Wir reden über Tod und vom Gehen und was wir schon alles hatten. Die schönen Tage und Stunden. Die tollen Erfahrungen, die schöne Zeit zusammen, die vielen Gespräche, die nachmittäglichen Kaffeezeiten mit einer Fernsehserie und einem Doppelkeks, die Samstag- und Sonntagabende. All die viele Zeit zusammen. Vielleicht mehr Zeit zusammen, als viele andere Paare hatten. Vielleicht hatten wir unsere gemeinsame Zeit einfach für das ganze Leben aufgebraucht. Wenn wir schon keine Planungen für die Zukunft machen können, können wir zumindest das wertschätzen, was wir bisher hatten. Ich versuche, Heike Mut zu machen und sie zu stützen. Viele Tränen, aber der Weg ist klar.

Das gleiche Gespräch haben wir nach dem Frühstück und vor dem Abendessen. Das letzte Gespräch gibt am Ende eine Zielvorstellung: Heike will die Einschulung von Conrad erreichen. Also vier Jahre!

Ich glaube nicht daran, werde es ihr aber nicht sagen. Ich glaub es nicht. Drei bis sechs Monate habe ich im Kopf. Das ist alles aber nur ein Gedankenspiel. Das weiß ich auch, aber das Gefühl dazu ist so stark.

23.03.2009

Immer wieder die Stille, keine Möglichkeit zu haben, sich miteinander zu unterhalten, weil einfach nur Sprachlosigkeit da ist. Heute Vormittag war ich beim Hausarzt, Routine-Checkup. Nix gefunden, außer zu dick und zu hohen Blutdruck. Wie immer, also alles normal. Über Heike habe ich mich mit ihm auch unterhalten. Er hat sich auch schon mit seinem Kollegen besprochen. Sie sehen beide schwarz. Immerhin verweist er mich auf ein gutes Palliativnetzwerk in Münster. Scheiße, die Tendenz ist immer die gleiche. Heike wird sterben. Hoffentlich muss Heike nicht leiden. Manchmal erwische ich mich bei dem Gedanken, dass die nächste OP vielleicht schiefgeht und Heike nicht wieder aufwacht. Einfach wegschläft, um dem ganzen Leiden zu entgehen.

Darf ich so denken?

Als ich dann zurück bin vom Arzt, frühstücke ich erst einmal. Wieder nur Tränen. Sie hat noch so viele Pläne, möchte noch so viel machen. Sie glaubt selbst nicht daran, dass sie das alles noch schaffen wird.

Wie viel Zeit bleibt noch?
Haben wir noch Stunden, in denen wir lachen können, oder erdrückt uns die Trauer?
Wann werde ich so weit sein, dass für mich das Leben wieder lebenswert wird?
Wann wird der Schmerz weniger?
Schaff ich das alles?
Werde ich den Kindern gerecht, werde ich eine gute Familie führen können?
Wo hole ich mir Rat?
Kann mir jemand helfen?

Mir graut es schon vor dem nächsten Winter. Die Dunkelheit, die Stille.

Wie soll ich das aushalten?

Und dann das leere Bett neben mir. Diese schreiende Stille nachts, wenn alle schlafen. Die drei Wochen Kur im letzten Jahr waren schon furchtbar, und am Ende ging ich am Stock. Und jetzt ... immer allein, immer Stille und vier Kinder, die mich mit ihren großen Augen ansehen, mich fragen, was denn werden soll.

Wie soll ich ihnen antworten?
Was soll ich ihnen sagen?
Wie kann ich ihnen ihre Trauer, ihre Angst nehmen?

Es kann keiner was dafür, es ist keiner Schuld.

Aber sehen sie das auch so?
Was ist mit ihren kleinen Seelen?
Wenn Heike stirbt, werde ich sie dann wiedersehen?
Werde ich sie irgendwann wieder in die Arme nehmen können?
Oder ist sie dann weg?
Kein Kontakt mehr möglich?
Bekomme ich die Chance, wieder in ihr Gesicht zu sehen, sie anzufassen?
Sie zu spüren, mit ihr zu reden?
Neben ihr zu liegen, ihren Atem zu hören?

Mir fällt die Decke auf den Kopf. Manchmal ist mein Zimmer, mein Büro, was ich so liebe, was mir so wichtig ist, mein eigener Raum, eine einzige Qual.

23.03.2009 später Nachmittag

Endlich mal so was wie Hoffnung. Der Tumor könnte nur klein sein, nicht irgendwo am Darm. Vielleicht nur drei Zentimeter, vielleicht leicht zu entfernen.

Vielleicht doch wieder Glück?

Vielleicht aber sind das alles nur schön geredete, schlechte Nachrichten. Vielleicht...

24.03.2009

Heute war das MRT. Gefunden wurde nichts, also zumindest kein Tumor. Allerdings wurde Wasser gefunden und der Kopf der Bauchspeicheldrüse war etwas vergrößert. Am Freitag soll ein CT gemacht werden von der Lunge. Was das alles wieder heißt, kann ich schlecht einordnen. Zumindest bin ich beruhigt, dass erst einmal kein Tumor da ist. Dafür hustet sie momentan viel. Mal schauen, was daraus wird. Irgendwie ist jetzt ein wenig die Angst weg. Mal schauen, wie lange das bleibt.

25.03.2009

Heute ist die Stimmung bis zum Mittag gut. Ich habe mir eine Nervenreizung in der linken Zahnseite geholt. Fühlt sich an, als ob man in Eis reinbeißt. Soll total selten sein. Es ist kaum auszuhalten. Klasse, so was brauch ich jetzt. Heilung geht nur von allein. Dauer 3 bis 6 Monate. Heike klinkt sich ein wenig aus, hat schlecht geschlafen, weil sie viel gehustet hat, und zur Krankengymnastik wollte sie auch nicht. Ich glaube, sie braucht ein wenig Schlaf. Könnte ich auch gebrauchen. Bei dem Dauerhusten von ihr kann kein Mensch schlafen.

27.03.2009

Gestern hatte Conrad seinen zweiten Geburtstag. Ein schöner Tag ohne Stress mit wenig Gedanken an Krankheit.
Heute Vormittag stieg dann wieder die Anspannung vor dem nächsten CT. Dann endlich der Anruf um kurz nach zehn Uhr, dass die nichts gefunden haben. Keine Anhaltspunkte, wie Lymphdrüsenschwellungen oder einen Tumor.

Das war jetzt die Woche?
Nur Angst, Bedenken, Stress etc. und am Ende löst sich alles mehr oder weniger in Wohlgefallen auf.

Scheiße, ist das wirklich wahr?
Und wieder binnen einer Woche um zehn Jahre altern, nur weil die Ärzte zu unsensibel sind, so inkompetent?

Kurz nach dem Anruf bin ich bei meinem Therapeuten gewesen. Den habe ich mir mit fünf Sitzungen gegönnt, um mit der Situation klarzukommen. Mal zu reden, ohne einen Maulkorb zu tragen oder aufzupassen, was man sagt. Einfach nur reden. Heute habe ich ihn, glaube ich, eine Stunde lang an die Wand gequatscht. Die ganze Woche musste raus. Er ist ein ruhiger Mensch, aber zwischendurch wurde er doch unruhig und fragte mich, ob ich nicht wütend auf die Ärzte sei. Eigentlich nicht, muss ich gestehen. Ich stehe nur manchmal da und schüttle mit dem Kopf und kann es nicht fassen.
Ja, und dann haben wir diese Woche vom Tod des Mannes von Barbara erfahren. Wir haben sofort Kontakt zu ihr aufgenommen. Das tut uns schon leid, obwohl wir ihn nie kennengelernt haben. Sie hat uns aber immer viel von ihm erzählt.

25.04.2009

Ich will jetzt mal eine Mail an eine Freundin hier aufschreiben, um die aktuelle Situation zu charakterisieren. Seit Wochen wird nichts gefunden, obwohl die Werte eine andere Sprache sprechen. Heike macht sich bekloppt, aber ohne wirklichen Grund.

„Moin Katharina (Katta), [...] Heike kommt mit der Situation gar nicht klar. Seit vier Wochen wird auf Tumor getestet und seit vier Wochen finden die Idioten nix. Ich glaube eher an eine Stoffwechselfunktionsstörung. Aber mir glaubt keiner. Selbst meine Frau nicht. Letzte Woche war ich bei einer Freundin, deren Mann gestorben ist. Der war schwer herzkrank. Wir haben lange darüber gesprochen, wie wir, die wir beide gesund sind, uns mit unseren kranken Partnern unterhalten. Erstaunlich waren die Parallelen. Dieses ständige gegen die Wand Gequatsche, ohne dass man wirklich bis zum Kern des Partners durchkommt. Mittlerweile rede ich schon viel aggressiver als vorher, um Heike mal aufzurütteln.

Ich gebe Dir mal ein Beispiel:

Bei Heike wird aktuell etwas mehr Bauchwasser nachgewiesen. Die Ärzte wissen nicht, woher das Wasser kommt. Die Ursachen können vielfältig sein, angefangen von einem Tumor bis zu einer Entzündung, kann alles sein. Was macht meine Frau in der Situation...sie schaut unter Aszites - Bauchwassererkrankung nach. Aszites wird aber mit einer größeren Menge an Bauchwasser in Verbindung gebracht und heißt auch Bauchwassersucht. Dazu gesellen sich Atemnot, Ausfall einzelner Organe, die vom Wasser abgedrückt werden, etc. Wir bewegen uns dann im Litermaßstab und es können 20 Liter werden. Normal sind 100 ml und Heike hat evtl. 300 ml.

Es wird also sofort in eine Verdachtsrichtung gerannt, bis man auf eine mögliche Tumorerkrankung stößt.

Heike hat aber keine Einschränkungen, sie trainiert momentan sogar für einen Marathon.

Verstehst Du, was ich meine?

Man redet ständig gegen Hirngespinste an. Natürlich ist Heike krank, aber ich weigere mich, den schlimmsten Fall anzunehmen. Gruß Mat"

28.04.2009

Heute haben wir uns mal wieder über die Zukunft gestritten. Dazu ein Brief, den ich Heike hingelegt habe:

„Liebe Voeti,
   ich habe mir die Situation nicht ausgesucht:
- ich wollte keine kranke Frau
- ich wollte keine Kinder verlieren
- ich wollte mich auch nicht jahrelang mit Krankheiten auseinandersetzen
- ich wollte keine finanziellen Einbußen haben, weil Geld von deiner Seite krankheitsbedingt fehlt oder ich, anstatt zu arbeiten, mich um Deine Krankheit kümmern muss
- ich wollte keine astronomischen Krankheitskosten, die dazu führen, dass wir immer wieder rechnen müssen
- ich wollte keine Schulden bei Deinen Eltern
- ich wollte keinen Stress mit Deinen Eltern, weil diese nicht mit dem Krebs klarkommen
- ich wollte mich auch nicht wieder mit dem Tod meines Vaters auseinandersetzen
- ich wollte eigentlich auch keinen Stress mit meinen Eltern
- ich hatte mein Leben auch ohne Psychologen gut im Griff
- ich wollte nicht auf jede Mimik im Zusammenhang mit dem Krebs bei meiner Frau achten und dabei ständig unter Strom stehen
- ich wollte nicht ständig mit irgendwelchen Ärzten in Kontakt stehen

- ich wollte nicht ständig Rücksicht nehmen
- ich wollte nicht ständig mit meiner Frau kämpfen
- ich wollte nicht ständig reden müssen, um Überzeugungsarbeit zu leisten
- ich wollte nur arbeiten, mir ein wenig Luxus gönnen und meine Kinder großziehen
- ich wollte nur ein wenig Familie, eine Frau und ein wenig Freiheit
- ich wollte keine lebensbedrohenden Sorgen

Bekommen habe ich das alles nicht. Daran kann ich nichts ändern, ich muss es so nehmen, wie es ist. Jetzt will ich nur, dass wir unsere Zukunft so positiv wie möglich gestalten. Und dabei will ich nicht auch noch zusätzlich auf Geld verzichten, was ich durch ein wenig Cleverness erreichen kann. Ich habe keine Lust, ständig mit Dir zu kämpfen, endlose Gespräche zu führen, um Dich zu überzeugen, nur um ein wenig vom Leben zurückzubekommen, was ich, was wir verdient haben. Mehr nicht! Ich will nur ein wenig Leben und ein bisschen weniger Angst haben."

15.05.2009

Die letzten Wochen waren eine Katastrophe zwischen Hoffen und Bangen. Erst gab es einen Befund, dann wird dieser wieder zurückgenommen, dann stimmt ein anderer Wert nicht und so weiter. Bis dann am vergangenen Freitag eine Punktion des Bauchwassers stattfand. Fazit: Krebszellen im Wasser. Heikes Bauchfell scheint mit einem Metastasenrasen befallen zu sein. Heilungschancen 20 Prozent. Mit viel Glück noch ein paar Jahre.

Das Leben zu Ende?

Ich habe viel Panik, Angst vor dem Alleinsein, der Verantwortung für vier Kinder.

Wie soll ich das alles schaffen?

Kommenden Montag haben wir einen Termin in Hannover. Eine von vier Kliniken in Deutschland und Holland, die das nun anzuwendende Verfahren durchführen. Der Bauch wird geöffnet, das Bauchfell wird abgeschabt und dann wird mit einer Chemolösung nachgespült. Ob Heike das überlebt, ob es ihr danach besser geht ... ich weiß es nicht. Ich hoffe, die 14 Tage werden nicht zu lang und sie kommt wieder nach Hause. Ich weiß nicht, was geschehen wird, ich weiß nur, dass ich Angst ohne Ende habe und eine ganz tiefe Trauer in mir vorherrscht. Den Kindern haben wir noch nichts gesagt, sie sollen so lange in Ruhe leben können, wie es gerade geht. „Ruhe" – was für ein Hohn.

Mein Gott, wie soll ich den Kindern sagen, dass ihre Mutter sterben wird?

Wenn das Wetter danach ist, treiben wir gemeinsam Sport. Ich will sie so lange fit halten, wie es gerade geht. Je fitter sie ist, umso mehr Kraft hat sie, hoffe ich. Mich stört auch, dass ich nicht ständig bei ihr sein kann, dass sie allein in Hannover überleben muss. Hoffentlich passiert nichts in meiner Abwesenheit. Es wird nicht einfach ...

E-Mail an Hannes am 18.05.2009
Wir sind an dem Punkt, wo wir immer mehr voneinander Abschied nehmen. Gleich fahren wir nach Hannover, ich denke, dass es keine Hoffnung gibt, zumal die OP wohl risikoreich ist und Heikes Bauch immer dicker wird. Ich habe eine scheiß Angst, vor allem vor dem Alleinsein. Manchmal steh ich abends am Fenster, wenn alle schlafen und versuch mir, das Leben ohne Heike vorzustellen. Dann kommen so viel Trauer und Angst zusammen, dass ich durchdrehen könnte. Allein, den ganzen dunklen Abend und die Nacht, die Kinder aus dem Haus und wieder diese Stille, nur Stille ohne meine Frau.

Nachts im Bett, wieder nur Stille, keine Worte, keinen Menschen zum Anfassen, nur Stille, neben einem das Bett, dass nach dem Menschen riecht, mit
dem man sein Leben geteilt hat. Weißt Du, wie laut die Stille dann wird, das
zerreißt mir das Herz. Ich weiß nicht, wie ich das aushalten soll. Heike sagt,
dass das besser wird. Ich kann das nicht glauben.

Und dann die ganze Verantwortung. Keine Familie, die einem hilft, die
Freunde alle weit weg, kein Mensch, der einen in den Arm nimmt, wenn man
traurig ist. Nur diese verdammte Stille... Und überall die Erinnerungen ...

Mann, wir haben doch erst die Hälfte des Lebens hinter uns und jetzt soll ich
vielleicht noch 40 Jahre ohne meine Frau leben?

18.05.2009

Heute waren wir in Hannover zum Termin beim Professor. Ergebnis: nichts.
Die Münsteraner Ärzte haben die Bilder nicht geschickt. Also acht Stunden
Autobahn für nichts und wieder nichts. Dafür waren heute ganz viele Tränen
im Spiel. Angst, Trauer und noch mal Angst. Angst vor der kommenden
Stille. Die Stille, die einen anschreit, vor der man nicht flüchten kann, bei der
man hilflos ist. Auf dem Rückweg sind wir dann noch beim Doktorsee vor-
beigefahren. Der See, an dem Heikes Neffe im August 2008 tödlich verun-
glückt ist. Lächerlich die Steilkante. Gerade mal eine Höhe einer Mülltonne.
Sinnloser kann es kaum sein, hier zu sterben.

Jetzt müssen die Bilder morgen nachgeschickt werden, dann rufen die Ärzte
an. Das Gespräch hat gerade mal zehn Minuten gedauert.

21.05.2009

Rückt der Tod näher?

Bisher keine Rückmeldung der Klinik, obwohl wir die Fotos eingereicht haben.

Kann man noch was machen?

Gleich geht es nach Draußen, in den Zoo von Rheine. Abwechslung!
... Nee, wir fahren doch nicht. Heike geht es nicht gut. Bei ihr drückt es überall, und sie hat Schmerzen im Bauchraum. Ich hoffe, sie hat nur krumm gelegen und das Wasser hat sich an einer Stelle gesammelt. Vielleicht geht es jetzt auch mit dem Abstieg los. Ich hoffe nicht.

22.05.2009

Heute war ich mit Paul, seinem Kumpel David, Emma und Anton, der im Auto vorne sitzen durfte, in der Eifel. Ein schöner Tag mit viel Kinderlärm, aber wenig Gedanken. Na ja, fast keinen Gedanken, ein paar bleiben immer, und immerhin warten wir ja noch auf den Anruf aus Hannover:

Todesurteil oder doch Leben?

23.05.2009

Neben einer ausführlichen Massage für Heike, weil sie in letzter Zeit immer mehr Rückenschmerzen hat, haben wir miteinander geschlafen. Irgendwie kommt es mir immer mehr vor, als ob es jedes Mal das Letzte mal wäre. Ich weiß nicht, warum ich so wenig Hoffnung habe. Heike gegenüber versuche ich positiv zu bleiben, aber tief in meinem Inneren sieht es anders aus.

Verrate ich sie dadurch?

Hannes habe ich meine Ängste geschildert, er leidet mit, auch wenn er mir nicht helfen kann.

Den Brief, den ich Heike vor ein paar Wochen (28.04.2009) geschrieben hatte, ist völlig falsch angekommen. Sie hat gedacht, dass unsere Beziehung in Scherben liegt. Dabei war das gar nicht so gemeint. Ich wollte doch nur meine Sicht erklären. Ein wenig hat sich aber doch was geändert. Sie wird dankbarer, wenn man ihr hilft, und Hilfe braucht sie in den letzten Tagen immer mehr. Sie wird langsamer, als ob jemand eine Handbremse angezogen hat, ihr Gewichte an die Füße gehängt hat.

Montag rufe ich in Hannover an.

Es ist still hier, Heike ist mit den Kindern zum Schwimmen und Conrad liegt im Bett. Ich sitze am Rechner und arbeite neue Pflanzenfotos auf meine Internetseite ein. Langsam kriecht die Kälte in meinen Körper und es kommt mir der Gedanke, wie ich auf Baltrum auf dem Balkon unserer Ferienwohnung sitze, allein. Die Kinder sind auf der Insel unterwegs und ich sitze da allein mit meinem Kaffee, den ich sonst immer mit Heike getrunken habe. Es ist still, ich höre nur das Lachen von glücklichen Paaren, die über die Insel gehen. Es ist so still ...

Ein anderer Gedanke ist, ich komme nach Hause, alles still, keiner wartet auf mich, das Bett neben mir ist kalt, keiner der mich begrüßt. Oh mein Gott, ich kann die Tränen nicht zurückhalten.

24.05.2009

Heute Morgen habe ich Heike wieder im Bett lange den Rücken massiert. Da sie zunehmend mehr Bauch bekommt, schmerzt der Rücken morgens immer besonders. Das machte sich dann nach dem Frühstück bemerkbar, als sie zu weinen beginnt. Grund war, dass sie der Ansicht ist, nur zu nehmen aber nichts mehr geben zu können. Dieses Gefühl hat sie immer wieder. Ich versuche es ihr auszureden, aber ich glaube nicht, dass sie es wirklich bemerkt. Letztens, als es mal wieder ganz schlecht war, hat sie mir unter Tränen erzählt, dass sie mit den Kindern nicht immer klarkam, dass sie sich häufig überfordert gefühlt hat und dann ungerecht wurde. Es tat ihr aber so leid, dass sie heute noch Kerzen in der Kirche anzündet. Um Vergebung bittet. Sie glaubt, dass der Krebs die Rache dafür ist, dass sie diese Gedanken hatte.

Scheiß Kirche!

25.05.2009

Heute werde ich mit Hannover telefonieren. Mal sehen, was dabei herauskommt. Wach bin ich schon seit vier Uhr. Kein guter Schlaf.

Herausgekommen ist dann abends, dass sie die Bilder nicht gebrauchen können. Sie brauchen diese digital. Für die Erkenntnis haben die fast eine Woche benötigt. Eine Woche Lebenszeit meiner Frau.

Machen die sich eigentlich einen Kopf darum, wie es uns geht, wie wir Ängste durchstehen müssen?

Sind wir nur eine Nummer, ein Fall, an dem man rumklempnern kann und wenn es nicht funktioniert, einfach zum Nächsten übergeht?

Ich hasse Ärzte.

26.05.2009

Heike war heute wegen ihrem Bauch beim Hausarzt. Sie hat viel Luft im Gewebe und 2 bis 3 Liter Wasser. Der Hausarzt hat allerdings keine Tumore feststellen können. Die Beulen am Oberbauch sind Gewebebrüche, die Wasser produzieren.

Was soll ich jetzt glauben?
Doch nichts oder doch was umso Schlimmeres?

Ich weiß es nicht. Dennoch hat sie Krebszellen im Bauchwasser. Das Bauchwasser selbst scheint aber eher von den Narbenbrüchen zu kommen.

Doch wieder Hoffnung?

03.06.2009

Wieder Tage mit warten, warten, warten. Erst kam Hannover nicht aus dem Quark, dann hat Münster es vergessen. Gestern Abend sind die Bilder in die Post gegangen. Sie müssten heute in Hannover eingetroffen sein. Mal sehen, was wird.
Das Buch „Lügenzeit. Wenn der Partner an Krebs stirbt" habe ich durchgelesen. Am Ende stirbt Edith. Ein großartiges Buch, weil es einem sagt, dass auch andere so was erfahren können. Was mir fehlt, ist die Zeit, der Zeitraum des ganzen Ablaufes. Das Buch habe ich in den Müll geworfen, damit Heike es nicht findet. Auch eine Lüge, wenn man heimlich Bücher kauft, diese heimlich liest, ohne dass der Partner es merkt, obwohl man es ihretwegen tut.

Aber soll ich das Buch vor Heike liegenlassen?

09.06.2009

Gerade habe ich mit Hannover telefoniert. Der Arzt hat mir sachlich zu verstehen gegeben, dass der Krebs von Heike nicht mehr zu operieren ist. Jetzt müssen wir schauen, ob wir mit einer Chemotherapie weiterkommen.

Irgendwie ist das wie ein Sprung aus dem Flugzeug, der Fallschirm liegt aber noch auf dem Sitz. Während des Sturzes in Richtung Erde gibt es unterwegs immer wieder Stationen, die einem die Hand reichen, aber im letzten Moment dann doch wegziehen. Und die Erde und damit der Aufprall kommen immer näher. Patricks Wildwasserbahn.

10.06.2009

Neben Hannover geben auch Hamburg und München Heike keine Heilungschancen. Jetzt bleibt uns noch die Chemotherapie. Am kommenden Montag wird der Fall auf der Tumorkonferenz in Münster besprochen und dann schauen wir weiter. Wir haben jetzt wieder zwei Tage mehr oder weniger heimlich geweint, damit die Kinder es nicht merken. Zumindest kümmern sich Freunde um uns, nehmen die Kinder mit. Das gibt zumindest etwas Ablenkung.

15.06.2009

Die Tage sind angefüllt mit Organisieren der Therapie. Da ein Gespräch, dort eine Planung. Dazwischen immer wieder Löcher, in die wir fallen. Ich versuche mich an den Gräsern an der Lochkante festzuhalten. Momentan gelingt das gut. Gitta macht sich viele Gedanken, und wir telefonieren fast täglich.

Heike geht es mal besser, mal schlechter. Insgesamt geht es ihr aber besser, wenn man sie auf Trab hält. Nicht zu viel Grübeln ist angesagt.

In meinen Gedanken denke ich immer weiter und konkreter über die Zeit nach Heike nach.

Kann ich eine andere Frau für diese Familie gewinnen?

Ich weiß nicht, ob man so denken darf, aber ich erwische mich immer wieder dabei.

Suche ich nur Ersatz, einen Ersatz, den es nicht gibt, nicht geben kann?

Heute kamen die neuen Blutwerte, eigentlich gar nicht so dramatisch. Der CEA-Wert ist wieder gesunken, vielleicht durch die Vitamin-C-Therapie. Morgen, so hoffe ich, bekomme ich das Ergebnis von der Tumorkonferenz, damit wir weiter planen können. Parallel dazu schickt mir ein Freund ein Präparat aus Peru. Vielleicht funktioniert's ja, dass wir zumindest das Tumorwachstum verlangsamen können.

27.06.2009

Die letzten Tage waren ruhig. Heike geht es gut, soweit man das sagen kann. Wir hatten in den letzten Tagen ein längeres Gespräch. Sie hat viel geweint, dabei kam raus, dass sie sich von ihren Eltern nicht wertgeschätzt fühlt. Sie hat Sehnsucht nach elterlicher Anerkennung. Wir haben den Dreh dahin bekommen, dass sie ihre Eltern als Teil ihrer Vergangenheit betrachtet und damit das Kapitel abschließen kann. Hier in Münster ist sie ein anderer Mensch, der sich sein eigenes Leben aufgebaut hat. Ich versuche mit unterschiedlichen Ärzten und Freunden im In- und Ausland eine Strategie aufzubauen, um Heike am Leben zu erhalten.
Ich habe Angst, aber auch Mut. Manchmal ist es einfach auch schwierig.
Für mich sind die medizinischen Optionen alle gleichwertig, ob es jetzt Naturheilkunde oder Schulmedizin oder Psychologie ist. Keine Lösung hat prozentual mehr Erfolg als die andere. Für mich folgert daraus, dass ich schauen muss, möglichst viele Optionen anwenden zu können, ohne eine auf Kosten einer anderen wegzulassen. Mein Tag ist angefüllt mit Organisation.

01.07.2009

Der Alltag wird bestimmt durch Kämpfe mit den Schwiegereltern und den Ärzten. Erstaunlich, wie viele Menschen an der Situation scheitern. Heike dagegen ist ziemlich ausgeglichen und ruhig, obwohl es um ihr Leben geht.

04.07.2009

Die Schwiegereltern nerven mit täglichen Anrufen. Ich blocke zurzeit alles ab, damit Heike keinen Stress hat. Sie will im Moment keinen Kontakt. Irgendwann muss sie sich dem aber stellen.

Heike ist gerade beim Sportwochenende. Ihr geht es richtig gut. Ob dies mit dem Zeug aus Peru zusammenhängt, oder es aus ihr selbst kommt, weiß ich nicht, ist mir aber auch egal.

Gestern waren wir in der Onkologie. Heike hatte es vollständig im Griff. Toll, wie sie das gemacht hat. Ich saß nur dabei, aber Heike hat endlich die Kontrolle für ihre Krankheit übernommen, die sie vor einem Jahr an mich abgegeben hatte. Montag geht es los. Sechs Stunden Infusion und vier Stunden Kontrolle und dann 24 Stunden aufpassen. Vom Kopf her müsste es gehen, hoffentlich macht auch ihr Körper mit. Sie bekommt einen Bauchdeckenkatheder, der die Infusion direkt in die Bauchhöhle leitet, um den Metastasenrasen zu vernichten. Es ist eine martialische Kriegsführung, und das Schlachtfeld ist der wunderschöne Körper meiner Frau, der vier gesunden Kindern das Leben geschenkt hat.

11.07.2009

Die Therapie ist gut angelaufen, ein wenig Fieber, etwas Schüttelfrost, wenig Übelkeit. Mal sehen, ob das so bleibt. Sie hat aber immer noch kein gutes Gewicht. Ihr Wille ist aber stark.

12.07.2009

Heike hat ihren Eltern einen sehr deutlichen Brief geschrieben, in dem sie schreibt, dass sie keinen Kontakt mehr zu ihnen wünscht. Hoffentlich wirkt der jetzt endlich.

14.07.2009

Heute habe ich Heike als Notfall ins Krankenhaus gebracht. Die Frau war völlig am Ende, der Katheder hatte sich in der Bauchdecke entzündet. Mittlerweile geht's ihr wieder besser, gut, dass wir gefahren sind, zu Hause hätte sie die Nacht nicht überlebt. Die Kinder muss ich jetzt wieder in die Spur bringen, die sind völlig durch den Wind. Chaos und Panik sind an der Tagesordnung.

Im Krankenhaus hat Heike ein Déjà-Vu. Die Krankenschwester, die sie und Paul in diesem Krankenhaus nach der Geburt versorgt hatte, ist nun auf der onkologischen Station. Der Kreis von Leben und Sterben schließt sich!

16.07.2009

Es kommen immer mehr Zweifel auf, was richtig und falsch ist. Ich habe heute mit vielen Leuten gesprochen, um einzuordnen, ob ich noch logisch denke. Mich haben alle bestätigt. Heikes Wahrnehmung dagegen scheint in einem Gebäudekonstrukt zu sitzen. Ein Gebäude, das sie selber gebaut hat. Ich war heute nach den Gesprächen gefrustet, vielleicht auch verärgert ob ihrer Haltung. Vielleicht kann sie auch nicht anders. Aber ich habe für mich entschieden, nicht zu weichen und alles zu schlucken, was von ihr kommt. Ich muss aber auch an mein Leben denken. Ich werde weiterleben, wenn Heike tot ist, und ich will wissen, mit wem ich da zusammengelebt habe.

17.07.2009

E-Mail an Katta:

Hallo, Danke für das Gespräch mit Birgit. Ich lehne nichts ab. Ich bin nur so schrecklich müde. Heikes Schwester ist noch da und eine große Hilfe. Heike habe ich heute Morgen aus dem Krankenhaus geholt. Die Entzündungswerte sind zwar noch hoch, aber das Fieber ist runter. Bei steigendem Fieber müssen wir aber sofort wieder hin. Vorgestern haben sie die Lunge gescannt. Auf beiden Seiten hat sie dunkle Schatten. Sie hustet viel.

Weiß Du, was mich fertig macht?

Das ist die Diskrepanz, vor der ich stehe. Heike will im August wieder Inliner fahren. Momentan schafft sie aber kaum 50 Meter zu Fuß. Sie sagt, dass sie wieder gesund wird, gleichzeitig liegt sie den ganzen Tag auf dem Sofa, hat im Krankenhaus Astronautennahrung bekommen, ist auf 62 kg abgemagert, hatte eine halbe Woche 40 Grad Fieber und ist grau im Gesicht. Sie hat zwanzig Liter Wasser aus dem Bauch gezogen bekommen, innerhalb von drei Wochen. Bei zehn Litern spricht man anschließend von einem Kraftaufwand wie für eine Zwillingsgeburt. Also zwei Zwillingsgeburten in drei Wochen. Wir hätten die letzten Tage nicht einen Tag später ins Krankenhaus kommen dürfen, denn die Nacht hätte sie nicht überlebt. Sie hat so viel Hoffnung und gleichzeitig geht ihr Körper kaputt. Ich habe heute versucht mit ihr zu reden, ihr versucht die Realität vor Augen zu halten, damit sie am Ende nicht so enttäuscht ist, wenn sie stirbt. Jetzt bin ich ein Verräter. In den letzten Tagen habe ich viel mit logisch denkenden Menschen telefoniert, weil ich nicht mehr wusste, was ich glauben soll.

Irre ich mich und deute die Fakten falsch und Heike hat recht und ich tue ihr Unrecht, oder ist sie in einem Prozess, in dem sie so denken muss, damit sie nicht bekloppt wird?

Letztlich bin ich immer wieder bestätigt worden, leider.

Also bleibt nur, ihr weiter Hoffnung zu machen und die Kinder zu beschäftigen, ihnen Abwechslung zu bieten. Morgen fahren wir in die Eifel zum Fallen leeren. Dieser Schwebezustand ist das eigentlich Anstrengende an der Situation. Du weißt, es geht den Berg runter, und gleichzeitig versuchst Du, Mut zu machen, obwohl dein Hirn was ganz anderes sagt. Dieser Spagat macht mich fertig. So, ich bin müde, gehe noch ins Wohnzimmer und dann ins Bett.

Kann sein, dass ich mich erst am Montag wieder melde. Pflege Dich, damit Du gesund wirst. Du bist mir echt eine Stütze. Liebe Grüße Mat

24.07.2009

Die Therapie ist nicht rund verlaufen. Viel Fieber, viel Gekotze, große Schlappheit, starke Erschöpfung. Sie ist kraftlos, hat aber Willen und will weiterkämpfen. Der Akku ist aber leer.

31.07.2009

Heike wird immer weniger. Sie ist ständig müde. Gitta hat mir gestern einen Spiegel vorgehalten. Danach habe ich viele Sachen wohl nicht mitbekommen. Heike scheint hier vieles zu kontrollieren, und ich habe mich damit abgefunden. Ich dachte, ich hätte es gemerkt, aber scheiße, offensichtlich wohl nicht. Das hat mich doch stark grübeln lassen.

Vielleicht habe ich auch irgendwann aufgegeben, zu sehen, zu fragen. Ich bekam nie Antworten, sie hat mir ja nichts erklärt.

03.08.2009

Ich will Streit. Ich will, dass sie endlich mal aus sich raus geht, dass sie tobt, dass sie ausfällig wird. Aber was ich sehe, ist ein verschlossenes Haus, eine schleichende Heike. Kein lautes Wort, Beherrschtheit, Trauer ...

17.08.2009

Jetzt habe ich lange nicht mehr geschrieben. Der Grund ist schnell gesagt: keine Hoffnung mehr. Therapie hat nicht funktioniert. Die Ärzte geben ihr noch ein paar Monate. Heike akzeptiert es nicht, ist niedergeschlagen, hat Angst, ist traurig. Am Mittwoch startet eine Chemotherapie, von der ich aber glaube, dass das nichts mehr wird. Die Tumore sind überall zu tasten, die Leber ist befallen, die Bauchdecke ist hart. Heute war sie wieder bei der Punktion und hat sechseinhalb Liter Bauchwasser dagelassen. Der Bauch ist aber immer noch da, die Tumore, der Krebs.

Einerseits bin ich traurig und könnte schreien, andererseits hoffe ich, dass es bald vorbei ist. In diesem Haus ist kaum noch Freude, nur die Angst und die Trauer, bis auf die Kinder. Die sind immer noch fröhlich, wissen und kapieren noch nicht so viel.

Am vergangenen Freitag war ich im Hospiz, habe die Situation geschildert. Es war ein gutes Gespräch mit neuen Möglichkeiten, die anstehenden Kopfprobleme zu lösen. Am kommenden Freitag ist die Krebsberatung dran. Dagmar war heute da, hat mir Mut gemacht und ist eine große Hilfe. Katta will in Frankfurt alles hinschmeißen, um mir zu helfen. Irgendwie wird es weitergehen, werden wir es auch ohne Heike schaffen. Hoffentlich hat sie es bald hinter sich, damit sie ihren Frieden findet. Sie kommt nicht dagegen an. Sie war immer schon negativ eingestellt, dass schlägt jetzt voll durch.

31.08.2009

Die Kinder sind vorbereitet. Sie haben es gut aufgenommen. Ich glaube, sie haben es schon gespürt. Alles habe ich selbst machen müssen. Heike will nicht, ist überfordert. Sie kann ihre Emotionen nicht preisgeben. Elende lange Gespräche habe ich geführt, aber nichts erreicht. Langsam wächst in mir der Wunsch, mehr mit Katta zu machen, aber ich weiß auch, dass ich Heike damit jedes Mal verrate. Ich kann es nur falsch machen. Mache ich nichts, entgeht den Kindern vielleicht eine Chance für ihre späteren Leben, mach ich es, verrate ich Heike.

Was soll ich machen?
Belüge ich mich selbst, will ich flüchten?

08.09.2009

Anfang der Woche noch Hoffnung durch eine mögliche Operation. Mitte der Woche aber dann doch nicht, weil das Risiko zu groß ist. Das Problem ist, den Zustand, der nicht wirklich schlecht ist, zu akzeptieren und sich darüber zu freuen. Aber irgendwie will Heike das nicht gelingen.
‚Gut' ist sicherlich relativ, aber es geht ihr teilweise wirklich nicht so schlecht, als dass nichts mehr gehen würde.

11.09.2009

Palliativmedizin ist organisiert. Hospiz ist organisiert und Psychologen für die Kinder sind organisiert. Eine angedachte OP ist auf den Zeitpunkt verschoben worden, wenn die Chemotherapie nicht mehr funktioniert. Quasi als letzter Notnagel. Letzten Mittwoch hatte ich einen Hörsturz. Musste ja so kommen, mit dem ganzen Stress. Ich glaube, wir haben es richtig gemacht, nämlich alles dann schon zu organisieren, wenn es noch nicht zu spät ist. Jetzt ist erst einmal Leben angesagt. Soweit man den Zustand als Leben bezeichnen kann.

12.10.2009

Wir sind auf Baltrum, versuchen, noch mal rauszukommen, versuchen, etwas mit der Familie zu machen, uns noch mal zu lieben. Heike schafft es nicht, die Seeluft raubt ihr die letzten Kräfte. Ich mache mit den Kindern Programm, bin viel unterwegs und Heike schläft. Nur an zwei Nachmittagen kommt sie aus dem Bett, kann einige Schritte spazieren gehen.

30.10.2009

Heike hatte mir zur bestandenen Doktorprüfung *1999* eine Ballonfahrt geschenkt. Wir machen es jetzt endlich. Irgendwie mit Galgenhumor, denn wenn wir abstürzen, ist es auch egal. Eine tolle Fahrt über eine Münsterländer Herbstlandschaft, bei der die farbigen Blätter unter den Bäumen liegen. Wir genießen die Stunden im Ballon, die gemeinsame Stille, die Landschaft.

06.11.2009

Sie wird immer schwächer. Die Nahrung bleibt nicht drin, oder sie hat keinen Hunger. Am kommenden Montag soll ein Port gelegt werden, damit wir sie künstlich ernähren können. Sie wiegt mittlerweile weniger als Paul, hat massive Depressionen, hat keine Perspektive, sieht sich nicht mehr als Partnerin von mir. Sie löst sich langsam von mir, um es sich, um es mir erträglicher zu machen, wenn sie geht.

Um an eine Haushaltshilfe zu kommen, müssen wir mit der Krankenkasse tricksen. Wir versuchen jetzt, Heike in die Pflegestufe 1 zu bekommen, damit wir die beantragen können.

Ich mach hier echt alles, muss die Arbeit drum herum legen und bin nur am Rödeln.

Dem Ende entgegen

10.11.2009

Katharina ist abends da, weil Heike Rückenschmerzen hatte. Sie behandelt sie, versucht Dinge zu lockern, die nicht mehr zu lockern sind. Als sie das Haus verlässt, sagt sie mir, dass sie nichts mehr gespürt hat. Heikes Organe sind schon so gut wie tot.

14./15.11.2009

Meine erste Ausstellung als Fotograf. Heike hatte alles für mich in die Wege geleitet, hat den ersten Kontakt aufgebaut. Sie hatte das Ziel, diese Ausstellung zu sehen, mit mir da zu sein. Gitta hat sie im Rollstuhl dorthin geschoben. Heike war so stolz auf mich, und ich habe mich so gefreut, dass sie da war.

16.11.2009

Wir haben viel über den Tod gesprochen, haben versucht, damit klarzukommen. Heike hat es irgendwann verstanden, hat sich darauf eingelassen. Bei mir blieb nur viel Einsamkeit. Vielleicht sitzt Heike, wenn sie gestorben ist, an einem langen Tisch, in einem Frühlingsgarten mit ganz vielen Blumen, und die Bäume blühen. Auf dem Tisch gibt es ganz viele leckere Sachen zu essen. Und um den Tisch sitzen alle die Menschen, die wir mögen. Wir lachen alle, und es ist eine tolle ausgelassene Stimmung. Der Himmel ist blau, die Vögel singen, und alle sind glücklich. Die Menschen aber sind unterschiedlich: alle noch auf der Erde Lebenden sind grau, aber Heike kann sie sehen, und alle Gestorbenen sind wieder bunt, weil sie da sind, wo Heike ist. Sie kann uns alle sehen, aber wir Lebenden können sie nicht sehen.

Hoffentlich ist Heike bald wieder bunt, damit sie wieder lachen kann, damit sie essen kann, damit sie nicht leiden muss, damit sie nicht mehr weint. Ich kann ihre Tränen nicht ertragen, muss jedes Mal hilflos zusehen.

❦ Tod ❧

Freitag (13.11.2009) haben wir das Ergebnis vom Darmverschluss bekommen. Heike war wie benebelt und hat nichts mehr wahrgenommen. Der behandelnde Arzt zeigte die Möglichkeiten auf, die es jetzt noch gibt, und als ich ihn fragte, was er tun würde, wenn es seine Frau wäre, sagte er nach einer langen Pause:

„Lass sie sterben, es macht keinen Sinn mehr."

Jetzt sind wir von ursprünglich 80 Prozent auf 0 Prozent Überlebenswahrscheinlichkeit runtergefahren.
Irgendwie hat sie wohl entschieden, dass sie jetzt sterben will. Am Samstag (14.11.2009) war sie mit Gitta und den Kindern Schuhe kaufen, mittags hat sie meine Ausstellung besucht und abends waren wir gemeinsam alle Essen, wobei sie nicht gegessen hat. Das letzte Abendmahl. Sonntags (15.11.2009) war sie zwar noch auf, hatte aber keine Schuhe mehr an. Hannes und Renate, zwei langjährige Freunde, hatte ich für Sonntag eingeladen, damit sie Abschied nehmen konnten. Abends hat sie sich von den Kindern verabschiedet, mit ihnen lange geredet. Montag (16.11.2009) war sie noch mal im Schlafanzug im Wohnzimmer. In der Nacht von Montag auf Dienstag (17.11.2009) war sie furchtbar unruhig, hat sich gewälzt und konnte nicht gut schlafen. Am Morgen des Dienstags erzählte sie, dass sie nachts ganz viele Baumstämme wegräumen musste und jetzt schrecklich müde sei. Sie hatte auch geträumt, dass zwei Paar kleine Füße neben ihren Füßen lagen. Die Füße der zu früh gestorbenen

Kinder, die sie wiedergesehen hatte.

Morgens habe ich sie noch einmal fotografiert. Es war wie ein Drang, ich musste es tun. Tagsüber war sie immer wieder unruhig und wollte aus dem Keller, unserem Schlafzimmer, raus. Wir haben dann mit dem Palliativnetz ein Krankenhausbett organisiert, in das sie sich abends legen konnte. Bis 20 Uhr war sie dann ruhig und hat sich noch von den Kindern per Winken verabschiedet. Dann ging es los...

... sie wurde furchtbar unruhig, obwohl sie eine leichte Dosis Morphium bekommen hatte. Gitta und ich haben geholfen und gearbeitet, wie wir konnten. Haben sie umgebettet, umgedreht, ihr Erbrochenes weggeräumt usw. Ihr Körper kämpfte noch, aber ihr Geist, so schien es mir wenigstens, war schon nicht mehr da. Um 21.45 Uhr haben wir dann Frau Hofmeister vom Palliativnetz angerufen und um einen Besuch gebeten. Wir konnten nicht mehr. Sie war zehn Minuten später da. Gitta und ich fielen auf das Sofa, völlig fertig, und überlegten noch, eine Pizza zu bestellen. Der Tod war für uns in dem Augenblick nicht real, dabei stand er schon im Türrahmen. Die Ärztin wollte gerade ein leichtes Schlafmittel geben, als Heike den Kopf nach hinten warf, noch einmal röchelte und starb.

Frau Hofmeister war völlig überrascht und wankte zurück. Heike war gesprungen, in dem Moment, in dem wir nicht aufpassten, uns gerade etwas Erholung gönnten. Für sie war es der richtige Zeitpunkt, weil ich sie sonst nicht hätte loslassen können. Wir sprangen vom Sofa auf, aber sie war schon weg. Sie hatte endlich eine Entscheidung getroffen und sie konsequent durchgezogen. Zum ersten Mal, ohne auf andere zu achten, endlich. Ich war so stolz auf sie. Ich stand neben dem Bett und konnte es nicht fassen. Zweieinhalb Jahre Kampf, immer wieder der Versuch, doch noch zu retten was nicht mehr zu retten war, vorbei. Ich stand da wie angewurzelt, Gitta drehte sich weinend weg. Ich hatte das Gefühl, nie wieder einen Schritt machen zu können, die Sicherheit auch nur für einen einzigen Schritt war weg.

Wie sollte ich jetzt ein ganzes Leben mit vier Kindern meistern?

Alle Entscheidungen allein treffen, wo ich nicht mal den Fuß bewegen konnte. Ich musste, also rief ich ein paar Leute an, die uns die ganze Zeit begleitet hatten, auch Dagmar, die rüberkam, weil sie in der Todesstunde dabei sein wollte. Heike lag so friedlich da. Sie war abgemagert, aber so schön. Meine Frau, meine Hälfte war gestorben.

Frau Hofmeister und Frau Leuker, die dazu gerufen worden war, haben Heike dann bis Mitternacht gewaschen und vorbereitet. Wir haben den Totenschein ausgefüllt, und Frau Hofmeister fragte mich, wie Heike ihre Kinder bekommen hätte: Frauen sterben so, wie sie ihre Kinder bekommen. Heike hat ihre Kinder schnell bekommen und ist schnell gestorben. Gitta und ich haben dann bis vier Uhr morgens Totenwache gehalten, Chips gegessen und viel erzählt. Gitta ging dann irgendwann völlig erschöpft ins Bett, während ich auf dem Sofa neben Heike einschlief. Die letzte gemeinsame Nacht für immer!
Die zweite Hälfte meines Lebens würde ich jetzt alleine verbringen, diese Lücke ist nicht zu schließen, war mein Gedanke. Wir hatten uns geliebt, wir hatten uns gestritten, wir hatten gekämpft. Ich denke, wir hatten alles probiert, hatten uns nichts vorzuwerfen.

Morgens um sechs haben wir die Kinder geweckt, ihnen den Tod gemeldet und gemeinsam neben Heike gefrühstückt. Um acht Uhr waren dann die Schwiegereltern da und auch wieder Frau Leuker, um das Gröbste abzufangen. Wir befürchteten massive Vorwürfe, weil wir nicht die Eltern hinzugelassen hatten. Ich habe meine Frau am Vormittag immer wieder gestreichelt, habe sie mir immer wieder angesehen. Sie war kalt. Anton machte ein Bild von seiner toten Mutter. Ein für uns wichtiges Bild.

Wie wichtig dieses Bild ist, wurde mir erst in den folgenden Monaten klar, in denen ich viel mit anderen Menschen sprach. Wir Mitteleuropäer haben das Problem, dass wir uns von unseren Verstorbenen immer weiter entfernt haben. Wir fangen sogar so früh an, dass wir Kranke und Behinderte in Institutionen abschieben, sie nicht mehr selbst versorgen. Wir haben für alles und jeden einen Experten, einen Menschen, einen Dienstleister, der es vermeintlich besser kann als wir selbst. So geben wir unsere Toten auch ab, in die Hände fremder Menschen. Gut, wir haben mit unserer Bestatterin Angela Thieme wirklich Glück gehabt, aber eigentlich hätte ich doch selbst meine Frau waschen müssen. Ich habe mit dieser Frau geschlafen, jeden Quadratzentimeter ihres Körpers habe ich gekannt, und doch habe ich sie abgegeben. Mir war der Gedanke nicht gekommen, sie selbst zu waschen, sie anzuziehen. Vielleicht war es auch der Automatismus, der sofort einsetzte. Die beiden anwesenden Palliativmedizinerinnen haben gar nicht auf diese Möglichkeit hingewiesen, dass jetzt meine Trauerzeit beginnt. Meine Zeit anfängt, in der ich lernen muss, mit dem Tod meiner Frau klarzukommen. Ich habe aber auch nicht gefragt. Komisch, wenn ich jetzt darüber nachdenke.

Warum war mir der Körper von ihr auf einmal so fremd?

Damit geht uns, ist mir, etwas sehr Wichtiges verloren gegangen: Wir begreifen den Tod nicht, weil wir ihn nicht anfassen, nicht berühren.

Tod

Die Lösung für diesen Aspekt hatte Anton uns intuitiv gegeben, oder hatte Heike sich eingemischt?

Anton schuf ein Bild seiner toten Mutter, das wir anfassen konnten, dass wir begreifen konnten und heute noch können. Es ist sicherlich nicht das Gleiche, wie der kalte, leblose, blasse Körper, aber es ist ein Ersatz. Nach den ganzen Ereignissen habe ich seine Idee aufgenommen und sie weitergeführt. Heute mache ich ehrenamtlich als Postmortemfotograf das letzte Bild und halte Vorträge dazu. Die Leute sind aber nicht so weit, sie lehnen es fast immer ab, können es für sich nicht begreifen. Dennoch versuche ich, diesen Weg weiterzugehen, Ausstellungen zu schaffen, Bilder von der Grenze aufzunehmen, um es den Menschen zu zeigen, ihnen Möglichkeiten an die Hand zu geben, mit denen sie arbeiten können. Damit sie mit ihrer Trauer arbeiten können, denn Trauer ist Arbeit. Man kann vor dieser Arbeit fliehen, kann weglaufen, versuchen sie zu umgehen, aber es nützt nichts. Diese Arbeit bleibt auf dem Schreibtisch, in der Wohnung, in der Seele liegen. Sie liegt im Weg, man kann sie nach rechts oder links räumen, kann sie im Kleiderschrank oder auf dem Dachboden verstecken. Irgendwann aber stößt man wieder drauf, denn sie liegt im Weg. Der Weg dahinter geht ins Leben. Dennoch zögern manche, trauen sich nicht an diese Arbeit. Diese Arbeit ist Angst, ist Schmerz, ist ganz viel Trauer. Sie ist manchmal zäh und klebrig. Es ist mühsam, aber es lohnt sich, denn danach wird es heller. Und vielleicht kann ein letztes Bild dazu beitragen, eine Art Werkzeug für diese Arbeit zu sein, damit man diesen Haufen abtragen kann, bis er irgendwann weg ist oder doch kleiner wird, um den Weg zu sehen, der hinter diesem Haufen liegt.
Anton, so anstrengend dieser Junge auch manchmal durch seine Lebendigkeit ist, hatte mir diesen Weg gezeigt, hatte mir dieses

Werkzeug in die Hand gegeben. Es hat mein Leben grundlegend
verändert.

Heike war bis 13 Uhr im Wohnzimmer, bevor die Bestatterin sie
abgeholt hat. Eine sehr sensible Frau. Sie hat mit Anton, Conrad
und mir die Beerdigung besprochen. Am nächsten Tag kam der
evangelische Pfarrer. Er hat sich auf alles eingelassen, was ich ihm
vorgeschlagen hatte. Er schien mir völlig hilflos zu sein. Ich wollte
eine weitgehend unkirchliche Beerdigung. Bis Samstag haben wir
die Medikamente und das Bett abholen lassen, so dass alles halbwegs
normal aussah. Die ganze Wohnung war in den vergangenen Tagen
zur Intensivstation geworden. Die Kinder haben den Sarg bemalt,
Briefe geschrieben und Geschenke gebastelt. Wir waren immer
wieder in der Totenkapelle, ich habe sie mir immer wieder angesehen, Freunde kamen und haben Abschied genommen. Paul steckte
ein Foto von sich in Heikes Hände, damit sie ihn nicht vergisst. Es
brach mir das Herz, die Kinder hatten ihre Mutter verloren, die
Frau, die sie geboren hatte, die sie neun Monate lang unter ihrem
Herzen getragen hatte, die die Schwangerschaften mit ihnen genossen hatte. Sie war tot, und ich konnte den Kindern den Schmerz
nicht nehmen. Ich war völlig hilflos und sollte es noch lange sein.

In den Tagen bis zur Beerdigung waren ganz viele Leute da. Die
Zeit zwischen Freitag und Dienstag, der Todesstunde, war stehenge-
blieben, in den zwei Stunden Todeskampf, wo ihr Kopf wollte, der
Körper aber nicht konnte, raste die Zeit, und danach blieb sie wieder
bis zum Morgen stehen. Erst dann lief sie wieder normal weiter.
Wir befanden uns in einem völligen Ausnahmezustand.

Es klingt so banal – Ausnahmezustand. Auf einmal, von einer Se-
kunde auf die andere, ändert sich ein Leben. Das Bewusstsein von

Gewesen und Zukünftig verändert sich schlagartig. Ich weiß nicht, ob ich die richtigen Worte dafür habe, aber es ist wirklich eigenartig. Das Zeitgefühl geht verloren, gleichzeitig erkennt man, dass die vergangene Zeit gerast ist. Aber man erkennt auch, dass die vor einem liegende Zukunft unendlich lang erscheint. Die anstehenden Aufgaben erscheinen gigantisch, dabei versteht man nicht, was man schon alles geschafft hat. Es ist der Verlust der Realitätswahrnehmung. Die Realität wird irreal, die Bodenhaftung ist weg, man befindet sich in einer Art Schwebezustand, nur mit dem Unterschied, dass keinerlei Landefläche in Sicht ist.

Am Samstag war dann die Beerdigung, eine große, aber knapp gehaltene Zeremonie mit 300 Menschen, die von alleine gekommen waren. Neben „Jenseits von Afrika", „Amazing Grace" (gespielt von einer Freundin auf der Querflöte), „Lemon Tree" von Foolsgarden und „Dexies Midnight Runners" (Common Ileen), es waren Heikes Lieblingslieder, haben wir vier Luftballons am Grab in den Himmel steigen lassen. Wünsche der Kinder für ihre gestorbene Mutter hingen auf Postkarten geschrieben an ihnen. Wir hatten uns bunt angezogen, es war ein herrlicher Herbsttag. Die Tage davor und danach waren dunkel und regnerisch, aber am Samstag schien die Sonne und es war warm. Ich war im kurzen Hemd auf dem Friedhof. Nachdem die Ballons aufgestiegen waren, gingen wir direkt nach Hause, wollten keine Hände schütteln. Freunde kamen und holten sich einen Kaffee ab, die Kinder verabredeten sich, wollten Abwechslung, wollten raus und gingen auf den Spielplatz.

Diese Woche war hektisch und die Verzweiflung war so groß, dass ich mich hätte umbringen können. Die Woche nach der Beerdigung, die erste Woche allein, war voll, auch kribbelig und ohne Zeit zum Denken, erst am 28.11.2009 hatte ich wieder das Gefühl, dass die Trauer mich überfällt. Ich habe versucht in dieser Woche das Gröbste von Heike aus dem Haus zu entfernen, habe ihre Klamotten gepackt, viele Schränke durchsucht, Dinge versucht zu ordnen. Donnerstags war Barbara da, um die Finanzen mit mir zu checken. Abends bin ich zum Sozialbüro gelaufen, um eine Haushaltshilfe zu beantragen. Viele Leute haben mir geholfen, und ich bin müde, sehr müde. Erst wenn ich einen roten Faden in alles rein bekomme, bekomme ich wohl auch Ruhe, Zeit für mich, Zeit zum Denken, Zeit zum Trauern.

✤ ✱ ✤

❧ Danach ☙

04.12.2009

Jetzt sind die ersten paar Tage vergangen. Viel habe ich umgestellt. Es wurden Versicherungen geändert, die Konten umgestellt etc. Ab dem kommenden Montag kommt eine Haushaltshilfe. Trauer ist gerade nur wenig vorhanden. Leere schon, sie tut aber nicht so weh. Irgendwie liegt alles schon schrecklich weit zurück und ist gar nicht mehr real, obwohl es nicht mal einen Monat vorbei ist. Seit einer Woche fahre ich morgens wieder Rad, mache Gymnastik. Ganz häufig habe ich das Gefühl, dass sie in meinem Kopf ist. Sie antwortet mir, hilft mir, ist da. Eigentlich ist es auch schön zu wissen, dass sie auf mich wartet. Meine Frau. Ich bin aber ein ungeduldiger Mensch und würde lieber heute als morgen durch diese Tür gehen. Wenn ich mir vorstelle, dass es kein Jenseits gibt, werde ich wahnsinnig, dann wäre wirklich alle Hoffnung dahin. Dann würde ein Weiterleben keinen Sinn machen. Die Endlichkeit wäre zu hart. Vielleicht ist dieser Gedanke aber auch nur Selbstschutz, weil man es sonst nicht aushalten kann, diesen unbeschreiblichen Schmerz.

10.12.2009

Die ersten vierzehn Tage waren angefüllt mit Stress, mit Organisation. Viel Zeit zum Denken hatte ich immer noch nicht, wollte ich vielleicht auch nicht. Mir war es ganz recht, mich mit Arbeit zu ertränken, um den Kopf nicht heben zu müssen, um zu sehen was eigentlich los ist, was alles fehlt, was Heike vormals alles so nebenbei gemacht hat. Dann aber ging es los. Löcher so groß wie ganze Städte, die durchwandert werden mussten, um am anderen Ende vielleicht wieder Licht zu sehen. Manchmal dauerte es Tage, bis man durch war, manchmal nur Stunden. Schmerzen, die man nicht zukleben konnte, die da sind, die einen auffressen, bei denen auch keine Schmerzmittel helfen. Ich esse kiloweise Schokolade und nehme nicht zu. Betäuben mit Drogen, wie Alkohol oder Tabletten, kommt nicht in Frage, ich habe vier Kinder. Aushalten muss ich lernen, weiß aber nie, wie lange es dauert. Ich habe angefangen, Gedichte zu schreiben, habe versucht irgendwie die Trauer aus dem Kopf zu schreiben.

Sukzessive baue ich mir Rituale auf, gehe jeden Tag zum Friedhof für ein paar Minuten. Dann bin ich ihrem toten Körper näher. Da liegt sie, meine Frau. Aber ich weiß auch, dass es nur die Transporthülle ihrer Seele war, dennoch habe ich diesen Körper, dieses Gesicht, ihre weiche Haut, ihren Geruch, einfach alles an ihr geliebt.

11.12.2009 Seelenmodell
Der Ausgangspunkt ist die Frage:

Was liebe ich?

Denn wenn ich mir diese Frage stelle, sehe ich Heike in ihrem Körper vor mir stehen.

Liebe ich also diesen Körper oder ihre Seele?

Wenn ich davon ausgehe, dass die Seele im Körper wohnt, wir als Paar neue Seelen oder neue Transporthüllen geschaffen haben, weil wir Kinder gezeugt haben, muss ich mir diese Frage sehr deutlich stellen. Da ich selbst körperlich bin, fühle ich mich also zu Heikes Körper hingezogen. Es ist Ausdruck meiner Körperlichkeit. Aber meine Seele liebt die Seele von Heike, nur dass ihre Seele in diesem wunderschönen Körper lebte. Der Körper ist aber gestorben. Sterben kann aber nur, was aus Materie ist. Nehmen wir den Körper als Transporthülle, muss dieser Zustand endlich sein, da alle Materie einem Zerfallsprozess unterworfen ist. Das Sterben beginnt mit der Geburt. Der Körper muss also irgendwann sterben, wenn er verbraucht ist. Die Seele dagegen, die über die Kindheit zum Erwachsenen in diesem Körper gereift ist, kann nicht sterben, da sie nicht aus Materie ist. Der Todeszeitpunkt ist deshalb für viele Menschen schwierig zu meistern, da die Seele in diesem Moment zum ersten Mal, nach langer Zeit, diesen Körper wieder verlassen muss. Sie wird also geboren und in die Freiheit entlassen. Vielleicht ist es deshalb bei einer stillen Geburt für die junge Seele einfacher, diesen Körper wieder zu verlassen. Auch die Geburt ist schwierig. Beate, meine Haushaltshilfe, wird mir ein halbes Jahr später von ihrem Traum erzählen. In diesem Traum hat sie gesehen, wann sie in ihren Körper eingezogen ist, nämlich in dem Moment, als die Fruchtblase im Bauch ihrer Mutter platzte. In diesem Moment muss die Seele ihren Zustand aufgeben und den Ort wechseln, in den Körper hinein. Wahrscheinlich muss auch die Seele erst lernen, mit dieser Hülle umzugehen. Sich mit der Enge, mit der Eingeschränktheit zu arrangieren.

Damit bekommt die Aussage von Frau Hofmeister einen realen Bezug, denn wenn Frauen ihre Kinder schnell aus ihrem Körper entlassen können, schaffen sie es vielleicht auch, dass die eigene Seele schnell diesen eigenen Körper, der lediglich ein materialisiertes Transportsystem (Brutkasten) ist, zu verlassen.

Wenn also die Seele den Körper verlassen hat und damit frei ist, kann sie bei mir bleiben, wenn und wann sie es will. Ich hoffe, dass es so ist, da ich mit ihr in Gedanken sprechen kann. Dies habe ich vorher so nicht erfahren. Natürlich können andere dies als pathologische Züge interpretieren, aber es ist mein Modell. Daraus folgt für mich, dass ich nie wieder einsam sein muss, da Heike immer da sein kann. Nun ist aber die Seele nicht mehr in ihrem Körper „gefangen". Es folgert meiner Meinung nach, dass wir Menschen, in der Phase der Körperlichkeit, diesen Zustand anders bewerten müssen, weil wir hier einen Reifungsprozess durchlaufen, die Seele also entwickeln können. Wir sollten den Zustand positiv bewerten. Wir sollten aber auch den körperlichen Zustand pflegen, weil wir so die Möglichkeit haben, uns weiterzuentwickeln und auch Einfluss auf andere Menschen zu nehmen, um auch diese weiterzuentwickeln: Stichwort: Kinder, Freunde.

Vielleicht ist das aber auch alles nur Quatsch, und ich stehe mit einem Bein in der Psychiatrie. Eine schöne ruhige Gummizelle mit weichen Wänden, damit mein Schädel nicht platzt, wenn ich ihn immer wieder an die Wand schlage. Vielleicht brauche ich diese Krücke, um es aushalten zu können. Was bleibt, ist der Schmerz, der Verlust, die Einsamkeit, die Stille.

✤ ✳ ✤

❧ Tagebücher ☙

Was denkt sie?

Ist sie wirklich im Paradies, auf ihrer Lichtung, da, wo sie hinwollte, wo der Tisch reich gedeckt ist, alles leicht ist, alles keine Schwere mehr hat?

Oder schaut sie runter, auf uns, kann kaum was tun, trauert um ihren Körper, der nicht weiter funktionieren wollte, der ihr das versperrte, was sie wollte?

Der eigentlich die Kinder aufwachsen sehen wollte, der diese Partnerschaft weiterführen wollte. Ich weiß es nicht. Ich weiß nicht mal, ob unsere Partnerschaft dauerhaft gehalten hätte.

Habe ich mir vielleicht nur alles so zurechtgezimmert, wie ich es wollte?

Habe ich ausreichend Rücksicht auf sie genommen?

Beim Aufräumen habe ich fünfzehn Tagebücher und Zettelsammlungen gefunden. Ich habe sie alle gelesen, habe sie aufgehoben. Heike hatte Depressionen, wollte sich umbringen. Sie hat mit mir schriftlich geschimpft, hat mich gehasst, hat sich mit mir versöhnt, in ihren Büchern. Sie hat aber auch sich selbst gehasst, war mit sich nicht einverstanden. Konnte ihre Hülle, ihre Eingeschränktheit nicht durchbrechen, konnte keinen Weg finden. Hatte nicht den Mut zu laufen. Hat funktioniert. Manchmal denke ich daran zurück, als sie damals am Meer Schluss machen wollte, die kleine aufblühende Beziehung wieder beenden wollte.

Wäre sie dann glücklicher geworden, wäre ihr das Leid erspart geblieben?

Es gibt die Geschichte vom Weg zum Meer. In der Geschichte wollen die Menschen zum Meer. Es liegt aber das Gebirge dazwischen. Alle kommen an eine Kreuzung und müssen sich dann für einen Weg entscheiden. Keiner kennt den richtigen Weg, weil die, die ihn gegangen sind, nicht zurückkehren. Heike ist bis zu dieser Kreuzung gelaufen und blieb dann stehen. Sie hatte Angst sich zu entscheiden, konnte nicht weiterlaufen, und sie ist auch an dieser Kreuzung gestorben. Das Schlimme daran ist nicht der Tod. Das Schlimme daran ist, dass sie nie den Mut hatte, einen Versuch zu starten. Oder war der Versuch die Ehe, die Umstände, die Arbeit, ihr Kopf, der dazu geführt hat, dass ihr Körper nicht mehr konnte, nicht mehr wollte. Ich habe nichts bemerkt, nichts gesehen, konnte es nicht spüren.

Was war das für eine Frau?

Ich musste ihre Tagebücher lesen, habe nach Antworten gesucht. Die Antworten habe ich auch dort nicht gefunden. Heike war krank, nicht nur vom Krebs, sondern auch ihr Kopf funktionierte für sie nicht so, wie es gut gewesen wäre. Und damit hatte sie von vornehherein keine Chance im Kampf gegen den Krebs. Ich habe sie geliebt, sie war das Beste, was mir passieren konnte, dafür bin ich dankbar, aber es tut auch weh, schrecklich weh, das nachträglich zu erfahren. Das, was ich Hannes im Frühjahr geschrieben habe, ist da, die Stille, die Einsamkeit, die Angst. Ich telefoniere viel, ich spreche mit vielen Leuten, aber die Einsamkeit bleibt, ist da, schreit mich an, prügelt mich zu Boden. Manchmal glaube ich, dass der Schmerz kleiner wäre, wenn ich Heike nie kennengelernt hätte. Ich hätte aber auch keine Liebe empfunden. Willst du das eine, musst du auch das andere akzeptieren. Es tut weh, und man kann kein Pflaster darüber kleben.

✢ ✻ ✢

Humpeln

Ich unterhalte mich viel mit Heike.

Aber sind diese Gespräche real oder neurologische Fehlschaltungen, bedingt durch ein Trauma?
Oder spülen Hormone mein Gehirn durcheinander, so dass es zu Fehlern kommt?
Was ist real, was ist falsch?

Als Heike starb, fehlte mir, bildlich gesprochen, auf einmal ein Bein. Ich musste mit dem anderen auskommen. Krücken hatte ich am Anfang nicht, also humpelte ich mit einem Bein weiter. Und immer wieder schlich sich die Trauer von hinten an mich rann, sprang mich an, warf mich zu Boden. Wir rangen miteinander, ich versuchte mich zu befreien, aber mit einem Bein aufzustehen, war schwierig. Meistens schaffte ich es irgendwann, aber die Kämpfe waren lang und hart.

Ist diese Einsamkeit nach der Zweisamkeit nur die Unfähigkeit, allein leben und entscheiden zu können?

Vorher ging das doch auch.

Oder verändert ein Mensch, für den man sich entscheidet, so sehr die eigene Seele, dass diese Veränderung nicht wieder rückführbar ist?

Was passiert mit uns, wenn wir uns völlig für einen Menschen entscheiden?

Werden wir dann zu diesen Unzertrennlichen, die kleinen bunten
Papageien, die man nur als Pärchen kaufen kann, weil sie sonst vor
Einsamkeit sterben?

Kälte

wieder am schreibtisch
im bett hinter mir schläft ein kind
kann nicht alleine schlafen
hat angst
und ich?

vor mir eine kerze
daneben du
lachend
ein Bild nur
leider

du bist weg
weit weg
ich kann dich nicht berühren
höre nicht deine stimme
spüre nicht deinen atem

aus den boxen leise musik
ich ertrage keine harte musik mehr
nicht mehr seit fast einem jahr
davor ging es nicht hart und laut genug
ich brauchte kraft, die mir die musik gab

das ende ging zu schnell für mich
die zeit mit dir war zu kurz
es war wie ein sprung aus dem flugzeug
ich realisiere es stück für stück

ich friere bei 21 grad zimmertemperatur
die einsamkeit hält mich gefangen
aber wäre zweisamkeit mit einer anderen frau nicht nur flucht?
die endgültigkeit ist kalt

❧ Kinder ☙

Wie erzieht man Kinder, deren Mutter gestorben ist?
Versuche ich, Dinge, Verhaltensweisen zu ersetzen?
Soll ich sein, wie ich immer war?
Wie bin ich eigentlich?
Kann ich wie vorher sein?
Ersetze ich nichts, schaffe ich dann kein übergroßes Vakuum, das Vakuum Mutter, in das die Kinder Gefahr laufen hineinzustürzen?
Wie zeigt man Kindern einen Weg, den sie ab jetzt alleine gehen müssen?
Habe ich die Kraft für vier Kinder?

Heike hatte den Wunsch, dass ich Gitta Bescheid gebe, wenn Emma ihre erste Menstruation bekommt. Gitta soll mit ihr dann ein Fest feiern. Emma, unsere einzige Tochter, das Mädchen, das keine Mutter mehr hat, die ihr nichts mehr geben kann, was für ihr späteres Leben so wichtig ist, die aber von ihrer Mutter so heiß ersehnt worden war. Die Mutter, die nicht helfen kann, wenn Emma eine Frau wird. Sicher, biologisch kann ich ihr alles erklären, aber das ist es nicht. Die Mutter ist nicht zu ersetzen.

Und die Jungs?

Jungen haben immer eine engere Beziehung zur Mutter als zum Vater. Es gibt keine Beziehung mehr, ihre Mutter ist gegangen. Sie müssen sich nun am Vater reiben, der aber nicht die Mutter ersetzen kann.

Und die Wärme der Mutter?
Wer gibt ihnen das?
Wie gehen sie ins Leben?

Sie können ihrer Mutter nicht mehr die erste Freundin vorstellen, können sich keinen Rat holen im Umgang mit Mädchen, mit Frauen.

Ich schickte die Kinder bald wieder in die Schule, sie sollten Alltag haben, unter Menschen gehen. Aber sie weinten ganz leise, im Bett, in unbeobachteten Momenten.

Es sind die kleinen Momente, die einem das Genick brechen. Irgendwann hörte ich den kleinen Conrad durch das Haus laufen und rufen:

„Mama, wo bist du?
Wo hast du dich versteckt?"

Er glaubte an ein Spiel und konnte nicht verstehen, dass seine Mutter dieses Mal nicht mit ihm spielte. Man steht daneben, man bekommt diesen Kloß im Hals, und dann laufen die Tränen. Man nimmt sein Kind auf den Arm und versucht, ihm die Wärme zu geben, die es gerade sucht, aber weiß, dass man gerade selbst schreien könnte, weil die Momente nicht auszuhalten sind.

Ich wollte wieder in den Alltag mit ihnen, versuchte ein Familienleben aufzubauen. Versuchte Abstand zwischen Heike und uns zu bekommen.

Bis das Jahr 2009 sich dem Ende neigte.

✢ ✱ ✢

❧ Barbara ☙

Wie schreibt es Herrad Schenk: „Jetzt war ich wieder auf den freien Markt der menschlichen Beziehungen geworfen, bedürftig und ungeschützt, und musste mir mühsam in winzigen Häppchen das Nötigste zusammensuchen, was ich zum Existieren brauchte."

Barbara war zur Beerdigung gekommen. Sie fiel auf, weil sie nicht schwarz gekleidet war. Ich freute mich, sie zu sehen, es war Hoffnung mit ihr verbunden, vielleicht eine neue Chance, eine Beziehung, die alles wieder geraderücken würde. Ja, und dann stand sie am 30. Dezember, sechs Wochen nach Heikes Tod, hinter mir und umarmte mich. Gab mir auf einmal das, was ich vermisste. Ich war nicht fähig zu widerstehen und gab mich der scheinbaren Geborgenheit hin. Redete mir ein, dass das richtig ist, versuchte zwar noch per Mail, mir Zeit zu verschaffen, erfolglos. Ich verlor. Ich ging ein auf ein scheinbar neues Leben mit anderen Voraussetzungen, mit Geld, viel gutem Essen, mit viel Körperlichkeit. Früher wünschte ich mir immer mehr Körperlichkeit von Heike, als ich bekam. Ich war süchtig nach Heikes Körper, ihrer Wärme, ihrer Weichheit. Mit Barbara hatte ich dies wieder, scheinbar. Es sollte ein Neuanfang werden, unter völlig anderen Vorzeichen, damit es keine Vergleiche geben kann.

Ich versuchte, Zeit für uns rauszuholen, organisierte Babysitter, um Abende frei zu haben, um zu ihr fahren zu können. Sie spüren, mit ihr reden, nicht allein sein. Sie überschüttete mich, die Kinder, mit Geschenken, wir machten gemeinsame Ausflüge. Wir machten Pläne, sie wollte umziehen, und wir fanden bald ein Haus in Nienberge. Sie hatte ihren Mann Anfang 2009 verloren, war auch allein und sehnte sich nach Geborgenheit. Wir planten ein anderes Zusammenleben, nicht unter einem Dach, sondern in getrennten, aber nahe beieinander gelegenen Wohnungen. Kurze Wege, schneller Austausch.

Die Wochen vergingen, aber die Geborgenheit, das zu Hause sein, stellte sich nicht ein. Mir war weiterhin kalt. Ich blieb einsam. Barbara bekam keinen rechten Draht zu den Kindern, hatte teilweise Angst, dass die Kinder ihr Leben umkrempelten. Sie hatte keine Erfahrung mit Kindern, hatte nie mit Kindern zusammengelebt. Sie war nach den gemeinsamen Wochenenden mit den Kindern meist völlig fertig. Ich dachte, das wäre eine Frage der Gewöhnung und irgendwann würde es funktionieren. Aber unsere Welten waren zu unterschiedlich. Es wurde nicht besser, mein schlechtes Gefühl gegenüber den Kindern wuchs zunehmend.

Dann kam noch ein Punkt hinzu: Ich war im Umbruch. Ich hatte die ersten vierzig Jahre meines Lebens der Biologie gewidmet, das war mein Ziel meine Motivation. Das erste Foto von mir als Kind im Alter von drei Jahren, zeigt mich mit einer Vogelfeder. Ich hatte alles dafür gegeben, hatte Widerstände durchbrochen, hatte mich mühsam durch die Schule gekämpft, um mein Ziel zu erreichen und hatte eine kleine Firma aufgebaut, die mit einem biologischen Nischenthema funktionierte und Geld einbrachte. Auf einmal war mir das nichts mehr Wert. Heike hatte mir die Tür zur Fotografie aufgestoßen, mir den Weg in eine andere Welt geebnet, dadurch, dass sie mich mit den Nienberger Künstlern zusammenbrachte und ich zwei Tage vor ihrem Tod meine erste Ausstellung mit ihnen hatte. Ich fotografierte jede freie Minute, in meinem Kopf entstanden pausenlos neue Projekte. Barbara ging darauf ein, versuchte mich zu unterstützen und bot mir sogar in ihrem neuen Haus Räumlichkeiten für ein Studio an. Aber das passte nicht in mein Leben.

Ich konnte diesen neuen Weg nicht ohne meine Kinder gehen, das musste zu Hause geschehen. Wissenschaft ist Logik, sind Daten, sind Fakten. Fotografie ist Gefühl, ist Zeit, ist das Warten auf den richtigen Moment. Das konnte ich nicht in einem Studio umsetzen, denn das wäre nur Technik geblieben. Heike hatte mir durch ihren Tod gezeigt, dass das Leben Gefühl ist. Ich hatte das in diesem Maße für mich nie akzeptieren können. Jetzt bekam ich durch sie aber ein Hilfsmittel an die Hand, mit dem ich das umsetzen konnte: die Kamera.

Die Kamera, das Foto, das Anton von seiner toten Mutter gemacht hatte, waren meine Verbindung zu ihr. Es war und wurde unser Band. Ich wollte keine Masken mehr fotografieren, sondern ehrliche Gesichter. Heike hatte Zeit ihres Lebens ganz oft eine Maske aufgesetzt, sie wollte mir ihre Traurigkeit nicht zeigen. Jetzt war immer auch Heike dabei, wenn ich die Kamera in die Hand nahm. Sie wurde zu meinem ständigen Begleiter.

Ich konzentrierte mich auf die Natur als Objekt und bei den Menschen auf Verstorbene, Kranke und Behinderte. Menschen ohne Maske, Menschen, die sich nicht inszenieren können.

Nach einem halben Jahr war das Gefühl so übermächtig, dass ich einen Schlussstrich unter unsere Beziehung ziehen musste. Erst war es ein Gefühl, und mit der Zeit wurde mir klar, warum diese Beziehung für mich nicht funktionieren konnte. Es war ein schwerer Bruch, denn wir kannten uns länger, als ich Heike kannte, aber die Wellenlängen passten nicht zueinander. Eine Freundschaft zerbrach vollständig.

Aber was sollte ich tun?

Ich wollte diesen Umbruch, ich wollte ihn konsequent, ohne Einschränkungen, und ich wollte auch erst einmal eine Zeit lang allein sein. Ich musste neu anfangen, auch wegen Heike. Ich konnte nicht ein Leben führen, weiterführen, in dem mein Lebenszentrum fehlte, gestorben war. Allein mit mir, mit meiner Trauer, mit meinen neuen Ideen und der Verabschiedung von ehemaligen Kollegen, zu denen ich immer seltener Kontakt aufnahm. Dafür lernte ich neue Menschen kennen, Menschen, die nicht wissenschaftlich dachten, sondern ihren Schwerpunkt im Gefühl sahen, die teilweise eine so starke emotionale Intelligenz hatten, dass mir angst und bange wurde. Eine Welt, die mir vollkommen unbekannt war oder die ich systematisch zugeschüttet und verdrängt hatte. Ich lernte Künstler kennen, ich plante Ausstellungen.

Als dieser Schritt dann nach den Sommerferien endlich für mich feststand, hatte ich das Gefühl, dass ich meine Kinder wieder mehr lieben konnte. Der Tod von Heike hatte alles verändert, und Barbara war zur falschen Zeit gekommen. Letztlich war sie die Verliererin, weil sie einen Mann wollte, der überhaupt nicht wusste, was er wollte und wohin es gehen sollte. Barbara dagegen, mit ihrer stringenten Art, hatte klare Vorstellungen. Ich bin aber ein Mensch, der sich schlecht auf andere Wege einlassen kann. Als Angestellter wäre ich eine Katastrophe gewesen. Ich musste meine eigenen Wege gehen, meine eigenen Erfahrungen machen. Nur das funktioniert bei mir. Eine Rebellion war damit vorgezeichnet, auch wenn es damals nur ein Gefühl war. Nach der Rebellion war ich wieder frei. Musste mich nicht auseinandersetzen, sondern hatte den Kopf für die Kinder frei.

✛ ✱ ✛

❧ Geborgenheit ☙

Zu Beginn des Jahres 2010 überlegte ich mir, einen Sterbebegleiter-
kurs im Hospiz zu machen. Ich hatte zweieinhalb Jahre mehr oder
weniger praktische Erfahrung gesammelt, sicherlich ungewollt, aber
ich hatte es tun müssen und wollte diese nun mit einem theoretischen Unterbau versehen. Vielleicht wollte ich auch überprüfen, ob
ich Fehler gemacht hatte, ob ich mir irgendetwas vorzuwerfen hätte.
Ich war mir nicht sicher. An den zehn Abenden hatte ich aber nicht
den Eindruck, dass ich was wirklich Grundlegendes falsch gemacht
hatte. Ich war ein Stück weit erleichtert. Sicherlich hätte man in der
einen oder anderen Situation anders reagieren können, aber ich darf
zu meiner Verteidigung anbringen, dass es eine Ausnahmesituation
war, mit der niemand gerechnet hatte und auch niemand in unserem Bereich Erfahrungen hatte.
Während des Kurses lernte ich Knut kennen. Ein hochsensibler
Mann, der im kirchlichen Bereich tätig war, Dozententätigkeiten
ausübte, Trauerreden, kirchenkritische Reden und Messen hielt.
Wir verstanden uns auf Anhieb gut und wurden mehr und mehr
vertraut miteinander. Im zweiten Halbjahr planten wir bereits die
ersten Veranstaltungen, und irgendwann brachte er mir seine Ar-
beitsmaterialien mit. Diese handelten von den zehn Sehnsüchten.
Eine der zehn Sehnsüchte war die Geborgenheit.
Jetzt hatte ich endlich einen Begriff für meine Situation. Heike hatte mir Geborgenheit gegeben. Sie hatte mir keine Fragen gestellt,
nichts in Zweifel gezogen und mir immer das Gefühl gegeben, dass
ich bei ihr aufgehoben war. Ich konnte sie immer ansprechen, konn-

te einfach in ihrer Nähe sein, ohne Kommunikation, einfach nur so. Wurde nie abgewiesen, wenn ich Probleme hatte. Wir hätten im Chaos leben können und trotzdem wäre ihre Wärme für mich dagewesen.

Diese Art von Geborgenheit, diese Wärme konnte Barbara mir nicht vermitteln, oder ich habe sie nicht gespürt. Es waren die kleinen Gesten, die Heike ausmachten, sie konnte ein Gefühl von Wärme geben. Sie war materialistischer in gewisser Weise.

Die Geborgenheit habe ich vielleicht schon damals in dem Moment im Museum gespürt. Ich war mir sofort sicher, es stellten sich keine Fragen, alles war klar.

✤ ✱ ✤

❧ Struktur ❧

Die Kinder hatte ich in der Zeit mit Barbara vernachlässigt, hatte
zwar alles organisiert, aber ich war nicht wirklich bei ihnen. Vielleicht war auch mein Umbruch schuld. Kurz vor dem Sommerur-
laub auf der Alp Flix in der Schweiz war die Hilfe von Beate ausge-
laufen. Sie hatte einen Acht-Stunden-Job (pro Woche!) bei uns, der
nicht mal das Nötigste abdecken konnte. Es war einfach zu wenig
Zeit da. Meine Mutter hatte nach dem Tod von Heike wieder Kontakt zu uns gefunden, den ich zehn Jahre zuvor abgebrochen hatte.
Sie half, wo sie konnte, verschaffte mir Freiräume und übte Druck
aus, damit ich eine Haushaltshilfe anstellen würde. - Sie stellte mich,
obwohl ich mit ihr gebrochen hatte, nicht in Frage. Sie hätte sicherlich genügend Gründe gehabt, mir Vorwürfe zu machen. Sie behielt
sie für sich. - Erst wehrte ich mich dagegen, ich hatte das erste halbe
Jahr auch ohne Hilfe geschafft, aber so sah das Haus auch aus. Ich
bekam keinen Grund, keine Ordnung rein. Ein Fünfpersonenhaus-
halt, vier kleine Kinder, Schule, beruflicher Umbruch, eine räumlich entfernte Beziehung, Geld verdienen und meine Trauer, das
war einfach zu viel. Ich willigte ein, und die Familie stellte Geld zur
Verfügung, damit wir eine hauptamtliche Kraft (Edyta) einstellen
konnten. Wir hatten Glück, denn Edyta hatte eine weitere Stelle auf
der anderen Straßenseite, so dass sie nur eine Minute laufen musste.
Sie stieg mit vierzig Stunden pro Woche ein. Die Kinder kamen gut
mit ihr klar, und das Haus bekam wieder eine Struktur, wir hatten
Ordnung, das Essen stand auf dem Tisch und die Klamotten wurden
gewaschen. Edyta beaufsichtigte auch die Hausaufgaben, beschäftig-

te sich mit den Kindern, so dass wir wieder eine Struktur aufbauen konnten. Eine Basis wurde geschaffen.

Trotzdem waren die Seelen in diesem Haus verletzt und zerbrechlich wie Glas. Zuerst fiel es Paul auf. Er wurde mürrisch, maulte viel, hatte sich körperlich kaum unter Kontrolle. Ich versuchte mit ihm verschiedene Sportarten aus, bei denen er sich austoben konnte. Nichts half, bis ich für ihn eine Psychologin fand. Danach wurde es besser, er hörte mit allen Sportarten auf und fuhr täglich seine vierundzwanzig Kilometer Fahrrad zur Schule und zurück. Er hatte seine Bewegung und wurde ruhiger. Er sprang auf Gespräche an, so dass auch ich ihm mal was sagen konnte, er schien zu verstehen.

Emma begann, Tiere zu züchten. Sie hatte während der Krebszeit nichts für ihre Mutter tun können, war hilflos, dabei hätte sie wahrscheinlich so gerne geholfen. Sie stürzte sich in die Arbeit mit ihren Tieren und umsorgte sie. Hier konnte sie etwas tun und war jedes Mal todunglücklich, wenn dann doch eines starb.

Conrad war klein, er hatte nichts von seiner Mutter gehabt. Er war während der Schwangerschaft im Bauch eingeklemmt, weil der Tumor viel Raum einnahm. Sein Schädel war schief, als er geboren wurde, und musste von Katharina W. wieder hin modelliert werden. Er wurde nur kurz gestillt, weil Heike dann krank wurde, und er musste sich immer unterordnen, wurde rumgereicht, fand kein Zuhause. Im Mai 2010 reagierte sein Körper auf die Schieflage in seinem Leben mit einer Lungenentzündung. Zwei Monate später bekam er spastische Bronchitis, und wieder zwei Monate später wurde er wieder aus dem gleichen Grund ins Krankenhaus eingewiesen. Meine Mutter übernahm ihn, pflegte ihn immer wieder gesund, blieb bei ihm im Krankenhaus. Beim dritten Krankenhausaufenthalt hatte ich genug und ordnete eine komplette Untersuchung des kleinen Mannes an. Er wurde auf links gedreht und auf alle möglichen Dinge hin untersucht. Er hatte Asthma und eine Hausstaubmilbenallergie. Jetzt hatten wir zumindest einen Hinweis und konnten daran arbeiten. Wir rissen die Teppiche heraus, die noch vom Vormieter in der Wohnung lagen, planten Therapien. Wir nahmen wieder Kontakt zu Beate auf, die Conrad das erste halbe Jahr versorgt hatte und ihn gut kannte. Ich wollte jetzt, dass nicht nur er, sondern auch alle anderen homöopathisch neu aufgestellt werden würden. Die Schulmedizin hatte nicht nur bei Heike versagt, sondern bisher nur die Symptome bei Conrad behandelt. Das wollte ich ändern. Beate nahm die Kinder wieder unter ihre Fittiche.

Anton war bisher immer der Clown oder wie man früher sagte: der Zappelphilipp. Er eckte an, war rebellisch und brauchte weite Grenzen, in denen er sich bewegte. Er war anstrengend, aber was sollte man auch erwarten. Als dritter Junge hatte er eine Position, die für ihn unbefriedigend war. Er hatte keine Sonderstellung, und deshalb versuchte er aufzufallen. Er war dabei niemals böse, er lachte oft, aber es kostete uns alle viele Nerven. Er und Paul waren deshalb die Auslöser, alle drei (Emma, Anton und Conrad) bei einer weiteren Kinderpsychologin vorzustellen. Ich wollte zum Ende des ersten Jahres einen Rundumschlag versuchen, um meine Familie, für die ich allein verantwortlich war, zu stabilisieren und zu beruhigen. Ich hatte den Eindruck, dass alle mit der Trauer zu kämpfen hatten und keiner es wirklich hinbekam. Ich wollte den Knoten durchschlagen, nicht immer nur reagieren, sondern agieren.

❧ Suizid ❧

Zeit für mich ist Zeit zum Denken. Beziehungsarbeit mit meiner verstorbenen Frau zu leisten. Es ist die Möglichkeit stehenzubleiben, sich umzudrehen, zu sehen, was passiert ist. Die Gedanken zu ordnen, ihnen eine Struktur zu geben, damit dieses Chaos aufhört im Kopf.

Wo aber hat man in einem Haus mit vier Kindern Platz, Zeit und Raum zu trauern, zum Denken. Nirgendwo! Immer wenn die Tränen fließen, lauert irgendwo ein Kind, braucht irgendjemand irgendetwas. Werden Fragen gestellt, wird gestritten, muss man dem Kleinen den Hintern abputzen. Ich suchte für mich Räume, ging spazieren, ging täglich zum Friedhof, fuhr Fahrrad wollte allein seine. Zwecklos, es ging nicht. Irgendwann erkannte ich, dass meine Trauer davon abhängig war, welche Musik ich hörte. Und diese Musik hörte ich überwiegend im Auto. Ich hatte in der Zeit vor Heikes Tod fast nur Rammstein gehört und das möglichst laut, unerträglich laut. Es pushte mich, gab mir Kraft, die Zeit durchzustehen. Mit der Stunde null änderte sich dieses Verlangen. Ich konnte laute aggressive Musik nicht mehr ertragen, hörte fast ausschließlich Balladen. Selbst die Kinder beschwerten sich, wollten wieder Rockmusik hören. Es ging nicht. Ich fand keinen Zugang.

Da unser Motor des Bulli auf dem Weg in die Schweiz explodiert war und eine Reparatur zwecklos war, musste also ein neues Auto her. Kurz nach unserem Urlaub hatte ich den gewünschten Wagen, der sinnigerweise auch noch schwarz war und bei der Pannenstatistik am besten abgeschnitten hatte. Ein geräumiges Auto, mit bequemen Sitzen, in dem das Fahren einfach Freude machte, weil viele Dinge automatisch abliefen. Ich hatte viele Termine und fuhr in den ersten zwei Monaten nach unserem Urlaub über 30.000 Kilometer. Viele Stunden, die ich für meine Trauer verwenden konnte und es auch tat. Ich horchte in mich hinein, versuchte ihre Stimme zu hören, irgendetwas Greifbares. Der Schmerz war häufig unerträglich. Zu horchen, ob ich sie höre. Und manchmal habe und hatte ich das Gefühl, dass sie auf der anderen Seite der Tür steht, so wie ich, und sie horcht genauso. Dann ist das Verlangen groß, die Türe einfach zu öffnen und hindurchzugehen. Nicht nur einmal hatte ich den Griff der Tür schon halb runter gedrückt, ließ ihn aber immer wieder los. Mir ist dabei schon klar, dass ich diese Tür nur dann öffnen kann, wenn ich den nächsten Brückenpfeiler anpeile. Die Überlegung ist da, immer wieder. Am Anfang war sie ständig da, die Türe, der Brückenpfeiler, der nächste Baum. Mit der Zeit wurde es weniger, aber nicht weniger heftig. Ich hatte für mich den Entschluss gefasst, dass ich nicht so kämpfen würde wie Heike. Würde ich krank, würde ich meinem Leben ein Ende setzen. Ich werde sie wiedersehen, wenn ich sterbe, dann holt sie mich ab. Und ich freue mich auf diesen Augenblick.

Es gab Tage, an denen ich zusammenbrach. Ich hatte nah am Wasser gebaut, war schnell den Tränen nahe und bin es heute noch. Und gerade jetzt, wo ich diese Zeilen schreibe, ist die Verzweiflung wieder da, wie am Anfang. Die Verzweiflung gleich nach ihrem Tod. Diese Hoffnungslosigkeit, die Erinnerungen, alles kommt hoch und ich könnte schreien.

❧ **Kellerbüro** ❧

Das erste Jahr ist fast vorbei.

Wo stehe ich?
Will das jemand hören?
Nerve ich meine Umwelt damit, die sieht, dass es doch läuft?
Was will der denn?

Er hat es doch im Griff. Aber vielleicht können sie es nicht sehen, wie auch, wenn sie es selbst nicht erlebt haben. Trauer ist, als ob man sich in sich selbst zusammenzieht, wie ein schrumpfender alter Luftballon, dem die Luft ausgeht. Die Oberfläche dessen, was übrig bleibt ist wund, ist krebsrot, ist empfindlich und möchte nicht berührt werden. Ist man nicht in Trauer, so komisch sich der Begriff auch anhört, möchte man sich um andere stülpen, man ist nach außen gekehrt, ist offen. Jetzt aber spielt sich vieles im Inneren ab. Mein Bart wächst, ich will mich hinter ihm verstecken.
Im Sommer standen Umbaumaßnahmen an. Die Kinder sollten alle ihr eigenes Zimmer mit ausreichend Tageslicht erhalten. Also zog ich mit meinem Büro in den Keller. Ich baute zwei Räume aus und ging unter die Erde. Unser gemeinsames Schlafzimmer wurde das neue Büro. Unser Ehebett, in dem drei Kinder gezeugt wurden, habe ich den Schwiegereltern zurückgegeben und gegen ein einfaches Bett eingetauscht.
In den folgenden Tagen nach meinem hausinternen Umzug wurde mir klar, dass ich unter die Erde gezogen war, mich auf dem glei-

chen Niveau wie Heike befand. Ich weiß nicht, was es bedeutet, ob ich ihr damit näher bin, es war einfach so.

‚Ä¢ ‚ú≤ ‚Ä¢

‚ù¶ Tr√§umen ‚ù¶

26.10.2010 - 343 Tage nach Deinem Tod. Jeden Tag, wenn ich ins Bett ging, hoffte ich, von Dir zu tr√§umen.

Gibst Du mir ein Zeichen, sprichst Du mit mir?

Die Kinder tr√§umten bereits in den ersten Tagen nach Deinem Tod von Dir. Du hast jedem das mitgegeben, was er gebraucht hat. Paul beispielsweise hast Du losgeschickt zur Schule, er soll Dich loslassen und durch die T√ºre gehen, die Du hinter ihm wieder geschlossen hast.

Und ich?

Fast ist ein Jahr ist vergangen, und jetzt habe ich endlich von Dir getr√§umt.
Wir waren in einem Schlafzimmer. Es sah ein wenig so aus, als ob es unsere erste Wohnung in der Theodor-Heuss- Stra√üe war. Schr√§ge Dachfenster, darunter unser Bett. Wir sind hintereinander her getobt, haben uns gegenseitig gefangen, meist bin ich hinter Dir hergerannt. Es war alles leicht, wir haben gelacht, viel gelacht. Mit Deinem Tod ist auch meine Leichtigkeit gestorben.
Dann ging der Wecker los und beendete den Traum brutal. Ich wachte auf und weinte, konnte die Tr√§nen nicht unterdr√ºcken. Ich schickte Anton, der wieder neben mir geschlafen hat, nach oben. Ein paar Minuten sp√§ter stiefelte ich hinterher, in die morgendli-

che Dusche. Dort, unter dem fließenden Wasser, sieht man keine Tränen.

Natürlich weiß ich, oder glaube es zumindest, was der Traum bedeutet. Ich bin hinter Dir hergelaufen, habe versucht Dich zu fangen. Ich kann Dich nicht loslassen, kann es einfach noch nicht, soll es aber tun. Es fällt mir unendlich schwer, und trotzdem muss ich es irgendwann lernen.

❖ ✳ ❖

❧ Computerfehler ☙

07.11.2010. Den ganzen Abend, seitdem ich im Büro war, hatte ich höllische Kopfschmerzen. Ich versuchte, die Kopfschmerzen durch Wasser und Magnesium zu bekämpfen, aber es war aussichtslos. Als ich gegen 20.15 Uhr die Kinder ins Bett brachte, brannte eine Birne im Badezimmer durch. Nichts dabei denkend ging ich danach an den Rechner, um die Bilder für den Quartierstützpunkt (Auftrag, Behinderte fotografieren) zu bearbeiten. Ich öffnete den Ordner auf dem Rechner und arbeitete diese der Reihe nach ab. Auf einmal sah ich, dass am Ende des Ordners ein Bild von Heike auftauchte, an das ich mich gar nicht mehr erinnerte. Sie stand am Strand von Baltrum bei strahlendem Sonnenschein und lachte. Das Bild wurde 2005 aufgenommen. Ich weiß nicht, wie das Bild dahin gekommen ist, da der Ordner erst vergangene Woche angelegt wurde, und zwar vom Rechner, automatisch. Ich kontrollierte den Dateimanager, ob das Bild auch da im Ordner war. Nein, war es nicht. Es war nur in dem Fotobearbeitungsprogramm. Und es hat einen Schreibschutz und konnte deshalb nicht gelöscht werden. Ich habe sonst keine Bilder mit einem Schreibschutz.

Warum hat dieses Bild denn einen?

In meinem Kalender für kommende Woche steht am 10. ein Eintrag von Heike: „Auch wenn's neblig ist, die Sonne ist immer für Dich da." Das Bild wurde von mir an einem 10. aufgenommen. Es ist das einzige Bild, das ich habe, dass an einem 10. aufgenommen wurde und Heike darauf lachend in der Sonne steht und gesund ist. Ich habe auf diesem Festplattenbereich 123.523 Dateien und davon sind 9.729 Bilddateien.

Ist es Zufall, dass genau dieses Bild verrutschte und das nur in dem Fotobearbeitungsprogramm?

Ich habe den Rechner auf einen Virus hin überprüft, aber das verlief ohne Ergebnis.

Das Bildbearbeitungsprogramm, funktionierte danach ein paar Minuten nicht, bis es dann auf einmal wieder einsatzfähig war. Ich löschte den Ordner und schaute nach der Wiederherstellung nach, ob das Bild noch da sei. War es nicht. Im virtuellen Mülleimer fehlte das Bild ebenfalls, obwohl es hätte da sein müssen.

Die Kopfschmerzen ließen jetzt nach.

Ich ging um 22.30 Uhr ins Bett. Um kurz vor 23 Uhr kam eine SMS von Astrid, eine liebe Internetbekanntschaft, mit der ich seit ein paar Tagen in Kontakt stand. Sie schrieb, dass ich sie aufgewühlt habe und sie morgen mit mir reden wolle. Erst konnte ich nicht einschlafen, schlief dann aber doch ein und wachte unruhig gegen vier Uhr auf. Ich konnte nichts feststellen, außer dass das Zimmer immer wieder knackte. Gegen halb fünf huschte ein Schatten lautlos an meinem Kellerzimmerfenster vorbei. Ich erschrak, mein Herz raste, aber ich schlief, eigentlich widersinnig, sofort wieder ein. Im Traum stand Heike auf einmal im Türrahmen und hatte nur unser Museumsschlaf-T-Shirt an. „Guten Morgen mein Schatz", sagte sie und ging ins Schlafzimmer zurück. Die Tür ließ sie hinter sich auf. Auf einmal öffnete sich eine andere Tür.

An diesem Abend und in dieser Nacht hat sie mir, nach meiner Interpretation mehrere Zeichen gegeben:

a) Sie ist da.
b) Sie ist gesund.
c) Ihr geht es gut und sie ist fröhlich.
d) Ich soll aufhören zu trauern.
e) Ich soll losgehen.
f) Sie macht die Tür nicht zu und kommt wieder.

✥ ✳ ✥

❧ Trauerreduktion ❧

Seit diesem Ereignis mit Heike am 7. November 2010 haben sich Dinge grundlegend verändert. Die schwere Trauer war bis zum ersten Todestag fast völlig verschwunden. Ja sicher, der 17. November 2010 war ein harter Tag, der kaum auszuhalten war. Mein Herz raste den ganzen Tag, als ob es platzen würde. Aber die Trauer der letzten Tage ist nicht mehr damit zu vergleichen, wie es vorher war. Das Leben hat sich geändert. Ich kann wieder lachen, höre wieder Rockmusik. Als ob ein Schalter umgelegt wurde.

In den kommenden Monaten habe ich viele andere Dinge geändert. Ich habe mich einer Gruppe von Trauernden in Dülmen angeschlossen, habe selber mit einer Friedhofsbekanntschaft ein Trauercafé in Nienberge gegründet, bin erheblich aktiver, mache mehr. Mittlerweile hat das Jahr 2011 begonnen. Ich bin dabei, die Kilos aus der Zeit mit Heike abzubauen. Irgendwie habe ich den Eindruck, dass ich nicht nur meinen Kopf regelmäßig bearbeiten muss, sondern auch das Körpergewicht erreichen muss, das ich hatte, bevor ich Heike kennenlernte. Die Gewichtsreduktion ist auch der Weg für einen Neustart für mich. Vielleicht auch irgendwann mit einer Frau, wie blöde das klingt. Klingt wie vom Wühltisch.

Vielleicht will ich noch einmal grundlegend neu anfangen?!

Vielleicht.

✥ ✱ ✥

❧ Conrad geht ☙

Für Conrad unser Nesthäkchen haben sich auch viele Dinge geändert. Seit Weihnachten ist er nun ganz zu meiner Mutter gezogen. Wir haben ihn hier offiziell abgemeldet. Er geht auch bei ihr in den Kindergarten. Edyta und ich haben den Zwerg bei uns nicht stabilisieren können. Immer wieder mussten wir mit ihm ins Krankenhaus. Insgeheim habe ich immer gedacht, dass er psychosomatisch krank ist. Natürlich haben die Schulmediziner auch das nicht erkannt. Haben nie nach seiner Geschichte gefragt, immer nur Symptome behandelt. Mir reicht das nicht. Sie haben eine Allergie auf Hausstaubmilben festgestellt. Ich habe alle Teppichböden rausgerissen, habe alle Betten gegen Allergikerbetten ausgewechselt. Die Kosten hat natürlich, nebenbei bemerkt, die Krankenkasse nicht übernommen. Er wurde hier nicht stabil. Bei meiner Mutter hingegen ist alles voller Teppichboden, aber er hat keine Probleme. Sie gibt ihm das, was ihm fehlt – Geborgenheit, Sicherheit und Aufmerksamkeit. All das hätte er sich hier neben seinen größeren Geschwistern erkämpfen müssen. Einen Kampf, für den der kleine Mann einfach keine Kraft hatte, so dass er im vergangenen Jahr körperlich zusammenbrach. Wir wollen dieses Modell die kommenden Jahre weiterführen und schauen, ob er dadurch das nachholen kann, was wir hier versäumt haben.

Die Konsequenz daraus war zwar, dass wir wöchentlich 250 Kilometer fahren mussten plus täglicher Telefonate. Dafür ging es Conrad aber gut, besser als bei mir. Ja, natürlich nagt das an mir. Ich bin nicht fähig, ihm das zu geben, was er braucht.

Aber was soll ich machen?

Ich habe die Wahl, alle vierzehn Tage mit ihm ins Krankenhaus zu marschieren, damit die Ärzte seinen Körper langfristig mit Medikamenten schädigen, und gleichzeitig die drei anderen zu vernachlässigen. Oder ich schlucke die persönliche Kröte, gebe Verantwortung ab und bekomme aber insgesamt mehr in den Griff, kann mehr steuern, kann mehr entwickeln, und die Kinder bleiben gesünder.
Den drei Großen hat dieser Auszug gutgetan. Sie bekommen mehr Aufmerksamkeit von mir, müssen nicht immer um den Schoß des Vaters mit ihrem jüngsten, kränklichen Bruder konkurrieren. Sie wurden ruhiger, hatten wieder mehr Spaß.
An Kompromissen komme ich in dieser Situation nicht vorbei. Das Ziel ist, die Kinder zu stabilisieren, so dass sie als starke Menschen in ein selbstbestimmtes Leben gehen können. Ich möchte gesunde Kinder, muss das Geld durch meine Selbstständigkeit allein verdienen, eine Angestellte auf Trab halten, damit hier alles stimmig ist, Konflikte lösen usw. Langweilig wird es nie, und manchmal würde ich mir schon gerne die Decke über den Kopf ziehen, um nichts zu sehen, zu hören, nicht reden zu müssen.

✤ �֎ ✤

❧ Neustart ☙

Beate hatte uns im ersten halben Jahr nach Heikes Tod begleitet, einen wirklich guten Job gemacht. Ihre Bindung zu Conrad war klasse, und sie fing viel auf. Sie ist Heilpraktikerin, und ich hatte die Kinder von ihr neu homöopathisch einstellen lassen. Leider war Beate eine klassische Homöopathin. Das bedeutet, dass die Schritte, die sie ging, viel Geduld benötigten. Homöopathische Gaben werden nur im Monatsabstand gegeben. Für mich wünschte ich aber ein höheres Tempo. Also verwies mich Knut auf Angelika, die das homöopathische Verfahren weiterentwickelt hatte und somit mehr Tempo ins Spiel brachte. Auch die Termine konnte ich jetzt kurzfristiger machen. Es wurde nicht mehr nur ein Mittel gegeben, sondern gleich fünf oder sechs.

Ich war an einem Punkt angekommen, an dem mein Leben wieder Fahrt aufnehmen sollte. Sicherlich musste ich auch Geld verdienen, dennoch war ich irgendwie aus der Starre erwacht, nach dem Erlebnis 2010 mit Heike. Grundsätzlich bin ich sicherlich ein ungeduldiger Mensch, aber auch die Kinder haben ein gewisses Tempo. Also warum dieses Tempo nicht mitgehen. Der Terminkalender füllte sich zunehmend. Immer mehr Anfragen erreichten mich, ich wollte raus, die Leute sollten mich kennenlernen, mit mir Geschäfte machen.

Gleichzeitig stieg auch das Interesse daran, neue Menschen kennenzulernen, neue Bekanntschaften zu schließen, von neuen Ideen zu erfahren, diese zu prüfen. Was ich bei mir aber gleichzeitig feststellte, war meine zunehmende Abneigung gegen Institutionen. Ich kündigte zunehmend Mitgliedschaften, versuchte, mich aus Strukturen zu lösen, um noch freier zu sein. Der Wissenschaftler, der ich einmal war, der in ein System eingeflochten war, verließ dieses System, wollte freier, offener sein für neue Dinge, neue Erfahrungen. Institutionen engten mich ein, nahmen mir die Luft zum Atmen, unterdrückten meine Kreativität. Die Wissenschaft wurde mir zu eng, und ich musste feststellen, dass ich nicht wirklich ein guter Wissenschaftler war, vielleicht Mittelmaß, wenn überhaupt.

＋ ✳ ＋

✦ Spuren ✦

Manchmal liege ich in meinem Bett, und die siebzehn Jahre mit Heike erscheinen mir völlig irreal, als ob es sie nie gegeben hat. Dabei ist alles in meinem Gedächtnis vorhanden, aber schon so weit entfernt. Wenn dieses Gefühl kommt, hole ich meine Bilder von Heike raus, die immer an meinem Bett liegen, aber auch diese werden irreal, als ob das Abgebildete gar nicht wahr ist. Die Zeit rast. In der Zeit nach Heikes Tod hat sich alles geändert. Das Leben ist völlig neu. Das, was geblieben ist, sind die Kinder, ist die Wohnung, ist das Umfeld, sind viele Auftraggeber, sind die Freunde. Alles „Teile" der Vergangenheit, die Brücken darstellen. Auf einmal gehört Heike nicht mehr dazu, das Leben richtet sich neu aus, Menschen kommen dazu, werden in den Kreis der Bekannten und Freunde aufgenommen. Andere, die eher Kontakt zu Heike hatten, verlassen den Kreis.

Manchmal kommt Trauer auf, in der ich spüre, dass Heike uns ganz nahe ist, obwohl sie körperlich weg ist. Dann versuche ich, die Trauer zu halten, weil ich ihr dann näher bin. Manchmal sitze ich bei verwitwet.de in Dülmen oder in unserem eigenen Trauercafé in Nienberge, und ich denke:

Denen geht es genauso. Auch sie haben einen Menschen verloren, der nur noch Teil der Vergangenheit, aber nicht mehr Teil der Gegenwart oder der Zukunft ist. Er oder sie ist weg, gehört nur noch im Kopf, nein im Herzen, dazu. Man kann ihn nicht mehr sehen, nicht mehr fühlen. Wir schauen ihnen nicht mehr in die Augen, können nicht an ihnen vorbeigehen, sie berühren und wenn es nur mit einem Finger ist, wenn es nur der Luftzug oder ein Duft ist.

Ob es ihnen genauso schwerfällt wie mir?

Sicherlich, man hat das Leiden ja nicht für sich gepachtet. Auch sie kämpfen mit sich, mit ihrer Vergangenheit. Warum wären sie sonst bei diesen Cafés, dann könnten sie ja auch im Kino, in der Kneipe sitzen.
Vielleicht fotografiere ich auch aus diesem Grund. Mit dem Bild bleibt die Zeit stehen. Auch, wenn wir, wenn ich nicht mehr da bin, bleibt das Bild. Es kann nicht sterben, kann nicht vergehen. Es ist unendlich. Wir dagegen können nur als Bild überleben, wenn es um den haptischen Aspekt geht, und in unseren Gedanken überleben die anderen, die, die gegangen sind, nur so lange, wie wir an sie denken.
Und vielleicht ist dieses Spurenhinterlassen der Antriebsmotor für mich, Dinge zu schaffen, die auch nach meinem Tod bleiben. Vielleicht bin ich meinen Kindern, meinen Freunden so wichtig, dass sie es gut finden, wenn ich Spuren hinterlasse. Vielleicht ist das aber auch nur der Egomane in mir, der nicht ganz gehen will. Dabei bin ich doch neugierig auf die Zeit nach meinem Tod. Vielleicht sind die Spuren aber auch Trittsteine, die anderen helfen, mit ihrer eigenen Situation klarzukommen. Und vielleicht schließt sich hier der Kreis. Mit meinem fotografischen Thema der Vergänglichkeit versuche ich, Menschen mit dem Tod, mit der Behinderung, mit der Grenze im Hier und Jetzt zu konfrontieren, und gleichzeitig ist das Etwas von mir, das ich hinterlasse. Erinnerungsstücke von mir, durch mich geschaffen.

✤ ✱ ✤

☙ Trauerschmerz ❧

Barbara Pachl-Eberhardt sagt: „Die Größe des Trauerschmerzes ermisst sich danach, wie viele Fehler wir gegenüber dem Verstorbenen gemacht haben. Wie viel Leid wir unserem Partner zugefügt haben." Wenn das wahr ist, habe ich viele Fehler gemacht. Aber eigentlich glaube ich ihr nicht. Vielmehr ist es doch so, dass sich die Größe des Schmerzes daran bemisst, wie wichtig einem dieser Mensch war. Wie viel Raum er bei einem Überlebenden eingenommen hat.

Hätte Barbara Pachl-Eberhardt recht, wie würde sie denn die alten Herrschaften beurteilen, die wenige Tage nach ihrem Partner versterben?
Haben sie so viel Schuld auf sich geladen, dass sie nicht weiterleben können?

Nein, die Liebe kann während des gemeinsamen Lebens wachsen. Je inniger die Liebe ist, umso mehr wird man eins mit seinem Partner. Stirbt der Partner, stirbt auch ein Teil des Überlebenden. Der Schmerz ermisst sich also daran, wie groß dieser Teil ist, der gestorben ist. Wie vollständig ist man also noch, oder wie viel fehlt einem nach dem Tod des Partners. Manchmal fehlt so viel, dass der andere nicht überlebensfähig ist, er stirbt also. Wie bei dem Beispiel der alten Herrschaften. Manchmal fehlt „nur" ein Arm oder ein Bein, im übertragenen Sinne, dann sind zwar Schmerzen vorhanden, aber man kann überleben. Die fehlenden Gliedmaßen wachsen zwar nicht wieder nach, aber man kann sie durch Prothesen ersetzen.

Diese funktionieren dann mal besser, mal schlechter, aber das Leben geht mit diesen Gehilfen weiter. Sie helfen uns zu gehen, bis wir am Ende auch durch diese Türe gehen können.

❧ Mein Leben ❧

Die Zeiten ändern sich. Das sagt sich so leicht und schreibt sich so einfach. Wir stehen meistens in der Zeit und denken, dass alles so bleiben wird, wie es jetzt ist. Falsch, und dieses Falsch ist furchtbar brutal. Meine Kinder, ich, wir haben das erfahren müssen. Einschneidende Ereignisse führen dazu, dass wir aufwachen, die Augen jetzt öffnen müssen. Plötzlich stehen wir in dieser Welt und müssen begreifen, dass nicht alles selbstverständlich ist, dass nicht alles so weiterläuft, wie es mal begonnen hat. Auf einmal kommt die Veränderung auf uns zu, spricht uns an, schreit uns an, rüttelt an uns, weckt uns. Wir haben, wie so häufig in unserem Leben zwei Möglichkeiten:

a: Wir können hinsehen, mit der Veränderung sprechen, dazulernen, wenn wir Mut haben, oder
b: wegsehen, uns die Ohren zuhalten, die Augen verschließen, weil sie so groß ist, so unüberwindbar erscheint. Sie wirkt einfach bedrohlich.

Entscheiden wir uns für Letzteres bleiben wir stehen, werden wir nicht weitergehen. Entscheiden wir uns für (a), müssen wir aus unserem alten Lebensauto aussteigen, müssen wir ein anderes Gefährt suchen, befahren wir andere Wege, andere Landschaften, fahren wir in andere Städte ein. Die Entscheidung liegt, Gott sei Dank, bei uns. Das neue Auto ist aber nicht die Nobelkarosse mit allem Schnickschnack, sondern meist ein Auto, das lediglich fährt, bei dem aber alles Mögliche noch nicht montiert ist. Wir merken, dass wir auch an unserem alten Auto ganz viel selbst angeschraubt haben. Die Möglichkeiten, unser altes Gefährt zu erweitern, waren aber irgendwann erschöpft. Erweiterungen haben uns nicht interessiert. Es fährt ja.

Das neue Gefährt hat neue Abmessungen, neue Leisten, an denen wir ganz neue Dinge befestigen können. Diese neuen Dinge müssen wir aber suchen, müssen diese erproben, bevor wir sie für unser Auto nutzen können. Wir müssen aktiv werden, müssen handeln. Müssen agieren. Vielleicht haben wir das früher einmal gekonnt, wir haben auch unser altes Auto gestaltet. Irgendwann haben wir, als das Auto dann endlich fuhr und wir bei Regen nicht mehr nass wurden, weil das Dach noch fehlte, diese Aktivität verloren. Wir haben sie nicht mehr gebraucht. Sie ist verkümmert. Wir haben nur noch den Mechaniker aus der Werkstatt gebraucht, der das Auto regelmäßig gewartet hat, geschaut hat, ob alle Schrauben noch fest genug angezogen waren. Wir haben unsere Verantwortung abgegeben an einen fremden Menschen, der nur Details prüft, aber nicht mehr das Ganze im Auge hatte. Der nicht im Fokus hatte, zu welchen Zwecken wir das Auto brauchten. War eine Schraube lose, hat er sie ausgewechselt.

Wir geben unser Leben immer mehr in die Hände von Dienstleistern. Da wachen sogenannte Experten über alle Bereiche unseres Lebens, geben uns Ratschläge, was wir täglich mindestens fünf Minuten tun sollen. Würden wir uns danach richten, würden wir an Schlafmangel sterben. Wir können jegliche Verantwortung abgeben und tun dies auch gerne, weil es so einfach ist und es uns scheinbar vor Fehlern schützt. Die Angst vor dem eigenen Fehler führt uns in Abhängigkeiten zu anderen Menschen. Darüber verlieren wir die Verantwortung für unser Leben, unseren Weg. Wir verlieren unsere

Mündigkeit. Verlieren die Möglichkeit eigene Entscheidungen zu treffen. Wir werden wieder zu Säuglingen, weil wir die Dienstleistungen anderer aufsaugen.

Unsere Ehe war vielleicht auch an diesem Punkt. Unser Auto fuhr ja. Wir saßen trocken und mit Sitzheizung ausgestattet im Auto. Wirkliche Aufregungen gab es nicht mehr. Wir hatten uns eingerichtet. Dann wurde Heike krank, sie starb. Das Auto fuhr gegen die Wand. Die Kinder und ich kletterten, zwar verletzt, aber noch halbwegs intakt, aus dem Auto. Das Auto war nicht mehr zu reparieren. Jetzt mussten wir aktiv werden, uns ein neues Auto suchen. Auto ist vielleicht zu viel gesagt, eher eine Karosserie, wir hatten noch keine Möglichkeiten, ein intaktes Auto herzustellen. Zwischenzeitlich hielt ein Auto an, ein Zweisitzer, elegant mit allem Schnickschnack. Wir versuchten uns reinzupressen, aber wir passten nicht hinein. Wir waren zu viele. Also stiegen wir wieder aus. Wir fanden eine Karosserie, an der wir jetzt schrauben. Manchmal fahren wir ein paar Meter, manchmal stottert der Wagen noch. Dann steigen wir aus, schrauben an dem Wagen rum. Manchmal klappt die Reparatur, manchmal schrauben wir auch Deko an den Wagen. Unsere Touren werden immer länger, wir trauen uns immer mehr zu, erlangen Sicherheit. Wir merken, dass wir die Experten nicht brauchen, weil wir die Reparaturen selbst vornehmen können. Auch das zu wissen, tut gut.

Und irgendwann, so hoffe ich, werden wir das Auto fertigstellen, werden wir sicher und warm in einem voll funktionstüchtigen Auto fahren, an dem wir die Reparaturen dauerhaft selbst vornehmen können.

Vielleicht sitzt dann auch wieder jemand auf dem Beifahrersitz und schaut mit mir zusammen durch die Windschutzscheibe nach vorne und lächelt mich hin und wieder an.